ゴキブリ教授のエプロン

折原裕
Yutaka Orihara

鳥影社

ゴキブリ教授のエプロン　目次

ゴキブリ教授のエプロン

姉さん女房

幼い頃の日食の思い出について私が妻に言う。

「子供の頃、日食があってさ。ガラスのかけらにろうそくのすすを付けて〈サングラス代わりにして〉小学校の校庭で〈太陽を〉見た思い出があるんだけど。あんたはどう？」

答えて妻。

「あー、そうそう。私もガラスにろうそくのすすで見た。」

「調べてみたら、それはちょうど五〇年前のことだよ。」

「そうすると、あたしは五一年前か。」

「おいおい、ひとつ歳上でも(妻は姉さん女房)、今から五〇年前は五〇年前だよ。」

色まで

よく言われるように、今どきの学生は日本語力が低く、漢字も知らない。大教室での講義では、ひとコマをいくつかのパートに分割し、パートごとのまとめを板書して、講義プリントの所定の欄に書き写させている。写すのがとても遅い。文意を捉えて写すのではなく、よくて単語ごと、学生によってはひと文字ずつ拾っているようだ。

ゼミでは、ゼミのネーム入りのノートを配布し、テキストの要点を板書して、書き写させている。漢字を知らないので、たとえば「物価騰貴」と書けば、「先生その字どういう字か分からない」と言う。大きく「騰」と書いて見せねば書けない（とりあえずかなで書いておけばいいのに）。言葉を意味で捉えないで、形で捉えている気味がある。分かりやすくしようと、赤、青を使って書くと、「先生そんな色ありませーん」などと言う。あのねえ、色まで写さなくていいから。

踊ってません

夕食のテーブルでの会話。
娘「お母さん、今日お父さん、論文ができたと言って、踊ってたよ。」
私「万歳してただけで踊ってなんかいません。」
娘「踊ってたじゃん。阿波踊りみたいに。」
私「こいつ、話作るなよ。（妻に向かって）踊ってないからね。」
妻「踊りたい気持ちはわかる。」
私「えーっ。何で僕の言うこと信じないで、娘の言うこと信じるの。」

ゴキブリ教授のエプロン

ゴキブリ教授は台所にしばしば出没する。本物のゴキブリではないので、台所で餌を物色するわけではない。台所に出没するのは料理をするためだ。「肉料理ならロースト・ビーフから東坡肉《トンポーロー》まで、卵料理ならキッシュ・ローレーヌから茶わん蒸しまで」たいていの料理はこなせると豪語している。

少し脱線するが、東坡肉とは、豚の三枚肉（バラ肉）をゆでて、揚げて、蒸した料理である。火を三回通すというめんどうな料理であるが、油っこくなく、温度が下がってもとてもやわらかい、すぐれた調理法である。

しばしば、豚の角煮と同一視されており、東坡肉の名前で豚の角煮を出して平然としている料理店も多いが、単に豚の三枚肉を煮込んだだけのものは、東坡肉とは言えないだろう。

この料理の東坡というのは、詩人として有名な中国宋代の人、蘇東坡のことである。蘇東坡は詩人であると同時に政治家であったが、左遷されて田舎暮らしに甘んじた折に、料理をたしなんだらしい。

蘇東坡の詩に豚肉料理を題材にしたものがあり、大体こんなことを言っている。「豚肉はうまい。値段は安い。金持ちは馬鹿にして食べない。貧乏人は料理法を知らない。上手に料理したらうまいのに。」

この詩にちなんで件の料理に東坡肉の名が付いたようだが、蘇東坡が実際に食べていたのは、豚の角煮に近いものだったかも知れない。

それはともかく、教授は、料理が好きというわけではない。必要に迫られてやってきた。共働きの妻は、会社勤めで帰りが遅い。東京での会社勤めは、本当に大変だ。どの職場も多忙であり、また家から遠い。妻の帰宅は、早くて七時。八時が普通。遅いは九時十時である。

一方、教授の帰宅は早い。学校へ行かなくていい日もある。こうした職場環境の違いが、夜台所に出没するという、ゴキブリ教授の生態を形成してきた。「自分より帰宅の遅いメンバーに『ご飯を作って』と言えない」という行動形質が、教授のゴキブリ化を促進した。

必要に迫られてということが、たとえば妻がお産や病気でという臨時のことであるなら、教授のゴキブリ化はさほど進まなかったであろう。そうではなく、教授の場合、必要に迫られることが、環境圧力として常に働くために、ゴキブリ化が確実に進行したのである。

考えてみるなら、教授に働く環境圧力は、いわゆる主婦たちに働くものと同じであろう。主婦たちも、好きで料理をやるわけではない。必要だからやる。好きでやる主婦もいるだろうが、「今日は好きじゃないからやめた」といかないからには、「好きでやる」とは言えない。「必要」が本体で、「好き」はおまけに過ぎないのだ。

必要に迫られて毎日のごとくやる教授の料理は、よく聞く「男の料理」とは違う。よく聞く「男の料理」は、あまり上手にできなくても、たまの快挙と評価されて、批判されたりしない。利かせるべきだしが利いておらず、甘いだけの卵焼きなぞ出しても、「まっずー」などと言われることはない（たぶん）。並みのレストランに近い味にでも到達していれば、「パパのスパゲッティおいしいね」などと誉められたりするだろう（たぶん）。

「男子厨房に入らず」と昔は言ったらしいが、今では「男子厨房に入る」が珍しくない。ただし、それはたまのことであるから、結果は求められない。結果が駄目でも、「厨房に入らず」の伝統に逆らったチャレンジ精神が讃えられることになる。

最も重要な結果が求められないくらいだから、周辺の問題においておや。料理の際に使用された鍋釜の類いはほったらかしでも構わない。シンクは汚れ物であふれんばかりになり、ガステーブルの上は油まみれである。よく聞く「男の料理」は、仕事として完結していなくていい。後始末は妻に任せておけばいいのだ。

教授の場合、そうはいかない。後片付けの段階になっても、妻はまだ帰宅しない。たとえ、帰宅してきても、疲労して帰ってきたメンバーに、疲労を追加する強さが教授にはない。そういうわけで、ゴキブリ教授の料理は、後片付けを行ない、台所の床に雑巾をかけるまで終わらない。

台所の床に雑巾をかけるときにひざを床につくので、教授のズボンのひざのところは薄くなっている。教授のズボンはこの膝の薄くなっているところが破けるときが寿命である。

料理の後片付けというのは、簡単なものではない。鍋釜を洗うだけではなく、油や調味料の残量をチェックしておく、包丁を研ぐなど、やるべきことが多い。料理に附随しているこの後片付けだけでも、結構大変なのだ。料理の大変さというのは、この後片付けを考慮に入れないと、把握し切れない。

だから、主婦の少なからぬ一部が料理を忌避して、デパートやスーパー・マーケットなどで市販されている惣菜に依存しても、一概には非難できない。（市販惣菜の主たる購入者は主婦のようだ。）きれい好きな主婦の中には、台所が汚れることを嫌がり、最低限の料理しかやらない人もいるらしい。

そういうわけで、後片付けも含めて料理をするのは、なかなか大変なものなのだ。大変でも教授がこれらをこなすのは、うまいものが食いたいという欲望のゆえである。口がおごっているわけではない。貧乏家庭に育ち、自分が作った家庭も長らく貧乏であった。

ボンクラ頭の教授は、なかなか大学の教員になれなかった。哲学科と経済学科と二つの学科を卒業して、通常より二年遅れた。大学院博士課程を終えるまで、九年を要した。博士の学位をもらってから後も、いわゆるオーバードクターという無業者を四年もやった。

経済学科の三年生のとき学生結婚して以来、一五年間貧乏苦学生活を過ごしてきた。ながらく学習塾に勤めていたが、博士論文を書くために学習塾をやめて以後は、会社勤めの妻の少ない収入が頼りであり、以後教授のゴキブリ化は急速に進行したのである。

こうした貧乏暮らしの中で、料理の腕を上げたのは、教授が酒飲みであることと関連している。

酒飲みにも色々ある。酒さえ飲めればいいという、純粋に酒が好きという酒飲みは手がかからない。教授は手がかかる方だ。つまみがないと酒を楽しめない。どうせつまみをつまむのなら、うまいつまみがよい。うまいつまみを買って済ますのは、むずかしい。ゆえに、教授は、つまみを自分で作るしかないのである。

自分で作れば安上がりだ、というところも大事だ。たまには寿司でも食べたいと思えど、寿司屋から寿司を取るのは、貧乏苦学生の懐にはこたえる。魚屋でさばを一尾買ってきてしめさばを作り、寿司めしをにぎってさば寿司をたくさん作り、自分と妻と小学生の娘の三人で食べて全員満足した、という思い出も、安上がりを求めてゆえの思い出である。

教授のゴキブリ化は、妻の帰宅時間の遅さと、長い貧乏暮らしと、二つの環境圧力が働いて、進行したことになる。

もう一つ、教授がきれい好き、掃除好きであることも、ゴキブリ化に役立っている。料理の後片付けを苦にしないで済んでいるからだ。

掃除好きな教授にとって、料理後の後片付けよりも、問題は料理そのものだ。料理というものは、汚れるものなのである。油や粉が飛んでくるのは言うまでもない。生き物を取り扱うので、血が顔に飛んでくることもある。きれい好きな教授が料理を投げ出したくなる瞬間である。

料理を終われば、顔も衣服も汚れ果てている。エプロンを脱ぎ、顔を洗い、汚れたメガネのレンズをアルコールで拭くのが、台所掃除を終えてからの日課になる。

だから、エプロンは、教授にとって必需品である。このエプロンが、実は料理以上の大問題なのだ。エプロンというものは、女性が着けることを前提に作られている。色もとりどりに、花柄があしらってあったりするものがほとんどであり、教授に似合うものはひとつとしてない。

教授が、チビ、デブ、ハゲの、ぶ男三拍子がそろう姿形であることは、関係ない。たとえ、教授がもうちっとましな姿形であっても、デパートで売っているエプロンは似合わないであろう。

試しにデパートのエプロン売り場に行ってみるといい。エプロン売り場は、フライパンや包丁など調理用品売り場の近くにあり、調理品売り場は皿やグラスなど食器売り場の近くにあるので、男が近寄っても、怪しまれることはない(たぶん)。

男が近寄って怪しまれるのは、女性の下着売り場であろう。無神経な教授は、ごく若い頃、妻の下着に近接する商品を平気で買いに行っていたが、今はそういうことはしない。相変わらずの無神経であるが、周りの目が多少は気になるようになったからだ。自分が変に思われることはいいにしても(実際教授は少なからず変かも知れない)売り場の他の女性たちに不快な気分をさせないようにとは思う。

エプロン売り場には驚くほど多くのエプロンが並んでいる。実用一点張りであるのなら、そんな多くの種類は必要ないだろう。タイプの違い、胸までくるのか、腰までか。生地の違い。あとは色目がいくつか。二かける二かける五イコール二〇も選択肢があったら十分であろう。デパートのエプロン売り場には、それをはるかに上回る数のエプロンがある。

これは、もうファッションの類いなのである。手に取って見ると、きれいな生地にきれいな色彩で、女性なら身に付けてみたくなるような風合いだ（たぶん）。値段を見ると、びっくりするくらい高い。夕食のおかず一週間分に近い値段である。

かつて、ものを知らない教授は、こうしたエプロンの中で、比較的おとなしい、男が身に付けても変態視されない体のものを苦労してみつけ、着けてみたことがある。失敗であった。耐久性に乏しく、長持ちしない。値段を考慮すると、とても割に合わない。

そこで、少し考えて、日曜大工の店で、日曜大工作業用のエプロンを買ってきた。これは耐久性の点では申し分ない。デザインも、料理用（デパートで売っている）のエプロンに比べ、はるかに男性的だ。と言うか、こっちはこっちで、女性向きでは全然ないという、好対照だ。料理は妻、日曜大工は夫、という分業が前提されているのである。

それはともかく、日曜大工作業用のエプロンにも、難点はある。生地が硬くてごわごわするのが気になるのだ。料理は、力を要する場合もないわけではないが、あまり力を入れないで、力を加減して使う。そうした力の使い方と、エプロンの生地の硬さが、合わない気がするのだ。柔道着がごわごわして硬くても、柔道は力を目いっぱい出すものなので、ぴったりする。日曜大工用のエプロンの硬さは、料理にぴったりこない。また、エプロンには、ちょっと手を拭くというような機能も期待されるので、ごわごわしていると、これがうまくできない。

エプロン問題は、ゴキブリ教授にとっては、結構深刻な問題なのだ。こうした問題は、エプロンだけに限らない。

たとえば、教授がハンドクリームを買おうとして、スーパー・マーケットの日用品売り場に行ったとしよう。ゴキブリ教授は、水仕事をするので、手が荒れがちだ。だから、ハンドクリームはエプロンと並んで必需品である。それを探しに、スーパー・マーケットの日用品売り場にふらふら入るわけである。

ハンドクリームが、男女共通の日用品類の中に収まってくれていると、探しやすい。教授のボンクラ頭では、ハンドクリームは女性専用ではなく、男女共用の、たとえば石鹸のようなものである。ところが、お店によっては、ハンドクリームは、女性化粧品の仲間として並べられてしまっているのである。これでは、教授がハンドクリームに辿り付くことは永遠にありえない。

こうした商品配列でも、主婦がハンドクリームを買うのに何の不便もないであろう。教授は、主婦でないから、と言うか女性でないから困るのだ。女性でないのに、料理にいそしみ、女性でないのに手が荒れ、女性でないのにハンドクリームを必要とする。女性でないのに、というところに問題のポイントがある。

男女を逆にしても、同じことはたくさんありそうだ。主に男性がやるようなことをやる女性、主に男性が使うような商品を買おうとする女性、そうした女性は同じ不都合に遭遇するはずである。

一般的にはそうであろう。そうであるばかりではない。わが国の職場の一部は女性を排除してきたし、今でも女性が居づらい思いをする職場は多い。それらは、改善されるべきであるし、改善されつつあると信じたい。

ところが、ゴキブリ教授のエプロン問題は、そうした一般論に解消できないふしがある。教授がエプロンを買うのに難儀するように、女性は男もののパンツを買うのに難儀するかと言えば、そうではないからである。むしろ、女性は、堂々と男性下着の売り場に行き、男もののパンツを手に取ってあれこれ吟味した上で、必要な品を手に入れることができるのである。この非対称性はどこから発生するのであろうか。

男が女もののパンツを買うのが変態で、女が男もののパンツを買うのが普通であるのは、主婦というポジションがあるせいだ。主婦は女であり、子供や男の世話をする存在である。女が子供のパンツを買い、男のパンツを買う。これは女が主婦とみなされる限りで普通のことになる。ところが、男が女のパンツを買うのは変態なのだ。男が女の世話をすることが、ありえないことだとされているからであろう。

男が子供のパンツを買うのはどうか。男の子のパンツなら問題ない。問題があるとしたら女の子のパンツだろう。女の子のパンツは、子供用品売り場にあるので、男であっても接近可能である。しかし、実際に男が女の子のパンツを買えるかと言えば、かなりの困難を伴なうであろう。ゴキブリ教授も、妻同伴でないと娘のパンツを買えなかったような記憶がある。

これらは、男の側から見て、不自由なのではないだろうか。この問題は、単なる男女差別の問題ではないだろう。男女差別と深く関連しながらも、男女差別とは一応別の問題としてあるようだ。

ゴキブリ教授が、ゴキブリ教授であるゆえんも、たぶんこの問題と関係している。ゴキブリ教授がもし女であれば（気持ち悪いかも）エプロン問題は発生しない。ゴキブリ教授が女であるなら、そもそも教授はただの教授に格下げ（?）なのである。

ごめん、ごめん

娘とそのボーイフレンドが話しながら我が家の玄関ドアに近づくのが聞こえる。おどかしてやろうと玄関ドアのそばにひそんでいて、ドアから入ってくるところを「ワッ」と大声で迎えたら、入ってきたのはボーイフレンドだった。飛び上るほど驚いていた。

ごめん、ごめん。「娘→ボーイフレンド」の順で入ってくると思いきや、「ボーイフレンド→娘」の順で入ってきたのだった。

問題発生装置

子供を育てていると、つくづく感じるのは、子供というのは一種の問題発生装置であるということだ。

朝、何だか元気がないので、熱を測ると三八度以上ある。医者に連れていくべきだろう。どこの医者へ連れていくべきか。この場合、よくお世話になっている小児科医でよいはずだ。診察券を探し、診療時間を確認して、出かける準備をする。子供を着替えさせるが、いつもより暖かにした方がよいかも知れない。

学校を休ませねばならないので、頃合いを見計らい、出先から小学校に電話をかける心積りが必要だ。

医者で薬をもらい、学校にも連絡し、子供を家に連れ帰って、色々注意を与える。誰が来てもドアを開けないこと。電話が鳴っても取らないこと。(小さい子供だけの留守宅はとても危険なのだ。)できるだけふとんの中で過ごし、動き回らないこと。その代わりに、テレビは時間制限なしで見放題のこと。お昼には、さっき買って来たパンを食べ、そのあと薬を飲むこと。など、など。

子供の方の段取りを着けたら、次は自分の仕事のために出かけねばならない。朝早く仕事に向かった妻に、早めに帰宅するよう電話する。夕方妻が帰宅するまでが心配だ。

子供がちょっと熱を出しただけで、結構大変なのだ。共働きだから余計そうなのだが、共働きでなくとも、大変なことには大して変わりがないだろう。

熱が下がれば、ほっとする。しかし、子育ては、それで終わりでは決してない。元気なら元気で、怪我をして帰ってきたりする。怪我の程度によっては、医者へ連れていかねばならず、「振り出しへ戻る」である。

怪我はしていなくても、泥だらけで帰ってきたりするので、直ちに風呂に入れ、汚れた衣服を手洗いし（酷い汚れは洗濯機だけでは落ちない）洗濯機に放り込む。

怪我もせず、泥だらけにもならず、しかし、どうやら友達と大喧嘩したようだ。ということもある。場合によっては、相手方の親に連絡せねばならない。

当然、学校でも色々ある。先生との関係、同級生との関係。上級生や下級生との関係。通学路に転がっている様々な問題。それから、勉強上の諸問題。

子供を育てていると、子供に由来する問題が次々と発生してやまない。子供は問題を次々と作り出して、親に投げかけているかのようだ、子供が問題発生装置だというのは、そういう意味である。

しかし、問題が次々と発生してやまないのは、子供だけではないかも知れない。大人にとっても、人生は次々立ち現れる問題たちへの、対応の繰り返しである。たとえ、はた目に平穏に見えたとしても、当人にとって人生は決して平坦ではなかろう。しあわせな子供時代を送り、良き学校生活を過ごして、職や伴侶にも恵まれ、非の打ちどころのないような幸福な人生を送った人であっても、その人生はその人にとって平坦ではなかったろう。不幸に見舞われたと感じたことは一再ではなく、挫折感に涙したこともあったろう。

だから、はた目にも平穏ではない、普通の人生においておや。人生の節目節目で、不本意な思いを味わってきただろう。

どんな人にとっても、人生の課題は、ひとつクリアするとまた次となる。これさえ解決できれば、就職できさえすれば、お金さえあれば、と思う。それがかなうと、それまで見えていなかった問題、たとえば子供の教育の問題が視野に入るようになる。そして、子供の問題が片付けば、今度は妻の心の問題が見えてきたりするのだ。

子供が問題発生装置であるのは、子供が子供なりに人生に立ち向かっていることを示すに過ぎない。子供が人生の問題に自分で対処できない限りにおいて、親の目から見て、子供は問題発生装置である。それは、人間というものがそもそも問題発生装置だからであろう。

みとぬし

新聞のスポーツ欄を見ていたとおぼしき妻のいわく。

「サッカーの『みとぬし』っていう選手がいるでしょ。」

質問された私。

「？？？　ああ、サントス〈三都主アレサンドロ〉ね。」

そばで聞いていた娘。

「えーっ。（間違える）この母にして（理解する）この父ありだね。」

料理は愛情？

ゴキブリ教授をゴキブリ化に追いやった環境圧力は、既述の他に、もうひとつある。妻が料理下手であることだ。もし、ゴキブリ教授の妻が料理上手であったなら、ゴキブリ教授のゴキブリ化は、さほど進まなかった可能性がある。「キッシュ・ローレーヌから茶わん蒸しまで」は作れず、「オムレツから玉子焼きまで」程度だったかも知れない。「ロースト・ビーフから東坡肉《トンポーロー》まで」は作れず、「ビーフ・ステーキから味噌カツまで」程度だったかも知れないのだ。

ゴキブリ教授の妻が料理下手であるのは、いくつかの要因によるが、料理のセンスが足りないことが大きい。

たとえば、妻の料理は、味付けが不適切なことが多い。たいていが調味料の使い過ぎである。

妻は、生真面目な性格の持ち主で、「良いことはもっと良く」と言うか、「プラスの動作はもっとプラスに」と言うか、「弱い肯定より強い肯定」と言うか、言わば足し算の人だ。

昔、コンパクト化される以前の粉石けんを洗濯機に投入していた頃、妻は粉石けんをたくさん入れれば汚れが良く落ちると考えたのか、粉石けんを計量せずに大量に投入し、普通十数回分の箱入り粉石けんを数回で使い切っていた。

こうした足し算の人は、ぞうきんを掛ければ、ゴシゴシと力を入れて掛ける。その伝で、掃除機を掛けるときも、ぐいぐいと力を入れて掛ける。力を入れ過ぎて掃除機の吸い込み口が壁に当たる。壁に当たっても気に留めないので、妻が掃除機を掛けると、掃除機の轟音（家庭用の電気器具の中で最も騒音の大きいのは掃除機であろう）の合間に、コツンコツンと掃除機が壁に当たる音がする。こうした使い方をするものだから、わが家の掃除機は、しばしば人為的な理由でこわれることになるのである。

妻は、ガステーブルのつまみがちゃんと閉じているか確認するために、夜寝る前に、つまみを「開」と逆方向にひねる。同じように、水栓も「開」と逆方向にひねる。こうした想定外の力が加わるために、ガステーブルのつまみが人為的にこわれてしまったり、水栓が人為的な理由でこわれてしまったり、普通の家庭ではたぶん起こらないようなことが、わが家ではまま起こるのである。

妻のような足し算の人が料理をすると、どうなるか。魚は焼き過ぎとなり、味付けは濃くなり過ぎるのである。

妻の料理下手は、生真面目な足し算の人という、性格の問題に由来するだけではない。「適量」を把握するのが苦手なのだ。たとえば、「これだけの量の肉には、これだけの量の塩」という相関が頭の中にできていない。料理のレシピ本には、「塩小さじ一」などと絶対量が書いてあるが、それは、肉の量が「二〇〇グラム」などと絶対量で前提されているからである。実際の料理では、たとえば豚のコマ切れ肉一パックは、二三八グラムなどと半端な量なので、レシピ本のようには行かない。レシピ本にある玉ねぎ一個にしたところで、実際の玉ねぎは大きさがまちまちなので、レシピ本通りにはならない。何らかの事情で、レシピ本とは異なる材料を用いたり、レシピ本にない材料を付け加えたりすれば、ますますレシピ本通りにはならなくなる。

だから、料理をするには「この程度の量の材料には、この程度の塩」という概念が必要になる。この概念は、材料と塩との相関関係の把握であり、経験によって培われる。ゴキブリ教授の妻には、こうした概念ができていない。

そこで妻は、塩を少し入れて味を見、足りないと思ってまた塩を少し入れ、ということを繰り返しているうちに、だんだん分からなくなってしまうのである。

生真面目な足し算の人であるという性格と、適量を把握する概念の欠如と、二

つに由来して、ゴキブリ教授の妻は料理下手になった。

ところで、「料理は愛情」とか、ふにゃけた言い方がある。「最高の調味料は愛」などとも言うらしい。が、これは明らかに間違っている。ゴキブリ教授の妻はゴキブリ教授を愛している(たぶん)。しかし、ゴキブリ教授の妻は料理下手である。ゆえに、愛は料理の足しにはならないのである。

言うまでもないかも知れないが、料理は技術であり、だから、学ぶことができる。料理を教える学校があるではないか。愛を教える学校があるだろうか。愛は教えられるものではない。(愛について考えることはできる。それゆえ、愛について考える学問はある。そしてその学問を教える学校もあることになる。)

ただし、愛があった方がいいには決まっている。愛を伴なう料理の方が、愛を

伴なわない料理より望ましい。

そして、この駄文の結論はこうだ。料理の技術と愛と、どっちが大事かと言えば、それは愛である。うまい料理を食べられても、愛のない家庭は空しいであろう。料理がまずくても、愛のある妻の方が、明らかに好ましいのである。

今どきの学生

今どきの学生はシャイである。ゴキブリ教授が学生だったはるか昔の学生は、と言うか、ゴキブリ教授自身が学生だった頃は、生意気かつ反抗的だった。今どきの学生は素直である。

新学期間もない頃、ゼミのニューカマーがゴキブリ教授とすれ違ったりしても、知らんぷりして通り過ぎようとすることが多い。近づいていって「無視するなよ」と言葉をかけると、ややおびえながらも、笑ってくれる。向こうは当然こっちの顔を覚えているが、こっちはまだ学生の顔を覚えていないと忖度しているようだ。

遠くに見えるゼミのニューカマーに手を振ってやると、うれしそうに振り返してくる。とてもかわいい。

「こんど」と「つぎ」はどっちが先？

ゴキブリ教授がいなか大学の学生だった頃、東京に遊びに来ると、私鉄のターミナル駅でとまどった事柄に、「こんど」と「つぎ」はどっちが先か、というものがある。

ターミナル駅には発車ホームが何本もあって、その中のどれが一番目に発車し、どれが二番目に発車するのか、という発車の順番を案内板で示していた。多くの私鉄のターミナル駅では、「こんど」、「つぎ」という言葉で発車の順番を示していた。「こんど」も「つぎ」も、どちらも、今にも発車しそうなニュアンスがある。どっちが先なのか？

よく考えてみると、「こんどのつぎ」はありうるけれど、「つぎのこんど」はありえない。だから、「こんど」が先発で、「つぎ」は次発である。と、今は分かる。昔は分からなかった。

「こんど」も「つぎ」も、よく似た意味の言葉である。よく似た意味の違う言葉を、微妙な違いを示すために、しかし重要な違いを示すために用いた、というところに無理があったように思う。

違う言葉ではなく、同じ言葉を用いれば、事態はより明瞭となる。「こんど」を使うのであれば、先発は「こんど」、次発は「こんどのこんど」とやればよい。「つぎ」を使うのであれば、先発は「つぎ」、次発は「つぎのつぎ」である。洗練さに欠けるが、まぎれはない。

ちなみに、昨今では、「次発」、「次々発」となっていることが多いようだ。これは、「つぎ」と「つぎのつぎ」に他ならない。まぎれがないので、よい変更である。

教授はハゲがよく似合う

子供の頃から容姿にあまり自信はなかった。年を取ってからは自分の容姿に関心を持たないようにしている。ゴキブリ教授の場合、チビ、デブ、ハゲの三拍子がそろうのだから仕方がない。

石川達三の小説『四十八歳の抵抗』に出てくる初老の主人公は、一日に三度鏡を見る。ヒゲを剃るとき、髪を梳くとき、ネクタイを結ぶとき、である。だが、この主人公は、鏡を見ながら自分の顔を見ない。見ないようにしているのだ。しかし、床屋に行くと、見たくない自分の顔が目の前に見えてしまう。そればかりではない。手鏡で後頭部の刈り具合を見せられる。主人公は禿げ始めている。それを否が応にも見なくてはならないのだ。「それが自分の頭だとは、どうしても信じられないほど年をとった頭であった。嫌な気持ちだ。」この感想が、主人公の人生行路での位置を端的に表現して、卓抜である。

ゴキブリ教授の場合も、最初からハゲていたわけではない。まだ二十代の頃、髪はまとめるのに苦労するぐらい豊かであった。そうした大学院生の頃、学会というものに初めて参加した。会場はある大学の大教室であったが、少し遅刻したゴキブリ大学院生は、教室の後方のドアから忍び込んだ。そして、前方に目を向けて驚いた。ハゲ頭がずらりと教室を埋め尽くしていたのである。あちこち光ってもいた。こういう光景を初めて見たら、誰しも驚くのではないだろうか。笑ってしまうかも知れない。

こういう次第だから、ゴキブリ教授はハゲても気にならない。大学教授というのはハゲが似合う数少ない職業のひとつなのだ。

デカンショ節という兵庫県の民謡がある。その替え歌の中にこういうのがあるらしい。「勉強するやつ頭がはげる、ヨイヨイ、薬缶教授がその証拠、ヨーイヨーイ、デカンショ。」ここでも、大学教授は薬缶頭、ハゲ頭が普通と歌われているのである。

というわけで、ゴキブリ教授はハゲを気にしない。ところが、世の中には、ハゲを気にして、何とかしようとする人が多いようだ。テレビを何となく見ていると、育毛剤やかつらのコマーシャルをしばしば目にする。こうした商品が売れるのは、ハゲを気にする人が多いからだろう。

ハゲはカッコ悪いのか。外国にあまり行ったことがないゴキブリ教授には定かでないのだが、ヨーロッパの人々はハゲを笑ったりしないという説がある。ヨーロッパの男性には若ハゲが多く、そのためハゲは年寄りの証拠ではなく、だからマイナスのイメージはない、というのだ。

その説の、「頭皮」じゃなかった、「当否」はともかく、男がハゲるのは男性ホルモンの作用によるものらしい。だから、ハゲているのは男らしいことだ、という主張もある。確かに、ハゲとは言わないが、スポーツマンで頭を剃り上げている男性は、カッコ悪いどころか、むしろ剃り上げた頭が精悍な印象を与える。頭を剃り上げた軍人姿も精悍だ。

大昔ヒットした映画に『王様と私』というのがある。この映画では、シャム国の王様に扮したユル・ブリンナーのハゲ頭がカッコ良かった。ユル・ブリンナーは、正真正銘のハゲではなく、剃り落していたらしい。

このように、ハゲ必ずしもカッコ悪いわけではなく、カッコいいハゲもある。そうであるのに、人はなぜ自分がハゲることを嫌がって、育毛剤やかつらに大事な金銭を費やすのか。それは理解できる。わが国限定かも知れないが、ハゲが年寄りの証拠だからだ。

それだけではない。映画やドラマに出てくるハゲおやじは、強欲や、女たらしなど、駄目老人を体現している場合が多い。往年の笠智衆に代表されるように、知的で清貧な老人は、ハゲていないのが通例なのだ。これもまあ、理解できないこともない。映画やドラマのハゲ老人は、たいてい太っていて、裕福なイメージであり、金持ちだから強欲だったかも知れず、女への欲望も強いかも知れない。ハゲであるより、太っている方に力点が置かれているような気がする。ハゲていても痩せているなら、直ちに強欲、女たらしとは見えないだろう。

ゴキブリ教授がゴキブリ大学院生時代にお世話になったF先生は、典型的なつるっぱげだった。帽子の着用を常としておられ、ハゲると頭が寒い旨おっしゃっていた記憶がある。F先生は痩せており、とても上品な印象の方だった。印象だけではなく実際に上品であり、豊富な学識の持ち主であり、凡人には真似できないほどの勉強家でもあった。

だから、ハゲは、老人の象徴ではありえても、駄目人格の象徴ではありえないはずである。そうであるのに、ハゲにはどことなくおかしみを誘う点がある。問題は一点、ハゲはなぜ笑いを誘うのか、という点だ。

夏目漱石の『吾輩は猫である』には、ハゲにまつわるエピソードが少なくとも三つある。一つ目はこうだ。苦沙弥先生が縁側で腹ばいになり煙草を吸っている。そばに座っている細君は髷を解いて洗い、その髪を乾かしがてら針仕事をしている。苦沙弥先生が煙草の煙りの行く先をながめていると、煙りは細君の腰から背中を伝って頭のてっぺんに達する。苦沙弥先生は細君の頭のてっぺんに禿げがあるのを発見する。苦沙弥先生は、細君の禿げが「嫁に来るときからあるのか」と問い質すが、細君は「女は髷に結うと、ここが釣れますから誰でも禿げるんですわ」と弁明する。苦沙弥先生がその禿げは伝染するかもしれないから医者に見てもらえと言うが、細君は「あなただって鼻の孔《あな》へ白髪が生えてるじゃありませんか、禿が伝染するなら白髪だって伝染しますわ」と反撃する。以下、おかしなやり取りが続く。このエピソードは雑誌『ホトトギス』に連載された第四回に出てくる。

二つ目のエピソードは第五回に出てくる。かつて苦沙弥先生の書生だった多々良三平君がやってくると、多々良君の頭には小さなハゲがある。これを苦沙弥先生の娘が見つけ、「あら多々良さんの頭は御母さまの様に光ってよ」などと言う。以下おかしなやり取り。

三つ目のエピソードは連載の第六回に出てくる。苦沙弥先生の友人の美学者迷亭君が体験談として紹介する与太話。迷亭君が田舎を旅行の折り山道に迷い、老夫婦と若い娘が住む峠の一軒家に泊めてもらう。迷亭君は文金高島田の娘に恋心を抱く。その夜、老爺が迷亭君に振る舞ったのは蛇飯であった。米を入れた鍋が煮えてくると老爺は蓋をとり、たくさんの蛇を鍋に放り込む。蓋の十余りの穴から蛇が次々に頭を出し、老婆と娘が蛇の頭を引っ張ると蛇の肉だけが鍋の中に残り骨は抜けるという仕掛けである〈このくだり、蛇の形状からして無理があるかも知れない〉。この蛇飯は美味であった。迷亭君は、翌朝娘の髷はかつらであり、実はつるつるにハゲていることを知り、恋が醒める。蛇を食べるとハゲるというのが迷亭君の説明である。

漱石は連載の四、五、六回目と三度連続でハゲを笑いの種にしている。五回目のは四回目の後を引いたようなところがあるが、六回目のは新たな話題として考え出されている。漱石にとって、ハゲは笑いを取るための重要なテーマだったことが分かる。

漱石は英文学者であり、二年間のイギリス留学も経験している。漢籍にも詳しく、漢詩をよくたしなんだという。言うまでもなく、日本語の達人でもあった。英中日にわたる学殖の持ち主で、グローバルな知識人であった。その漱石がハゲを笑いに結び付けているということは、ハゲと笑いとの関係の一般性を示すものだろう。

それはいいのだけれど、ハゲがなぜ笑いにつながるかということは、依然として分からない。

『吾輩は猫である』の場合、一つ目と三つ目の例が、女性のハゲを話題にしている点が独特かも知れない。ハゲが男性ホルモンの作用によるからなのか、女性のハゲはめずらしい。女性が自然にハゲることはたぶんなく、女性がハゲになるのは、出家したときと、病気のときぐらいだろう。

だから、ハゲているのが男らしいこととは逆に、ハゲていないこと、髪が豊かであることが、女性らしさのメルクマールになる。「髪は女の命」のような言辞もあるわけである。

出家したとき頭を丸めるのは、俗世間との縁を切るということだろう。それは、男なら、男であるのをやめるということだ。それゆえ、女であっても、出家すれば頭を丸めるのが原則であろう。

時代劇などで、高位の武士の妻などが出家する際に、頭を丸めず、髪を短くするだけで済ませている例を見る。それは厳密にはルール違反であろう。そうした場合の出家は、たぶん、形式的に仏門に入るだけで、本格的な修行に入るわけではないから、ルール違反に問われない。宗派の違いなどが働くので、よく分からないふしもあるが、高名な女流作家が出家して丸坊主になっているので、女性でも出家すれば頭を丸めるものなのだろう。

『吾輩は猫である』の三つ目のエピソードに出てくるハゲ娘も、深い山の中に住む娘なので、すでに俗世間と隔絶しており、ある意味、出家同然なのかも知れない。あるいは、文金高島田からハゲへの大転換で笑いを誘おうとしたのか。山の中で、文金高島田でいることが、すでに変と言えば変ではある。

出家して頭を丸めるのは自発的なハゲなので仕方がない。病気でハゲるのは、仕方がないでは済ませられないかも知れない。病気で直接ハゲるのではなく、抗がん剤の副作用でハゲるというのがしばしば話題になる。すでにハゲを自任、自足しているゴキブリ教授とは違い、豊かであった黒髪を失なった悲しみはいかばかりであろうか。がんの苦しみに、禿げる悲しみが追い打ちをかける。色々対策はあるらしいが、大変なことだ。ゴキブリ教授が女だったら「大学教授はハゲが似合う」などと開き直ってはいられなかっただろう。

『吾輩は猫である』などひもといてみても、なぜハゲは笑いを誘うのかということは、分からないままである。

ハゲでなくても、毛をめぐる話題には笑いが伴ないやすい可能性はある。ハゲは、あるべきところに毛がない。逆に、なくて当たり前のところに毛がある、というのも笑いの種になりそうだ。額に毛がはえているとか、おしりに毛がはえているとか、笑いを誘うに違いない。

あれこれ考えて、分かったことも少しはあるようだが、ハゲが笑いにつながる理由は、一向に分からない。

いくら考えても、ゴキブリ教授のボンクラ頭では駄目なようだ。そこで、この駄文を終わりにするために、奥の手を出そう。

学会で発表をすると、即答できそうにない意地悪な質問が出ることがある。そういうときの決まり文句を、ここで言っておきたい。「今後の課題といたします。」

小樽は札幌

「ニュージーランドってオーストラリアだよね？」と聞かれたら、「違うよ、ニュージーランドとオーストラリアは別の国だよ」と答えるのが普通だろう。ところが、地理を大の苦手とする妻の質問の趣旨は「ニュージーランドはオーストラリアの近くだよね」と聞いているに過ぎない。だから、答えは「ああ、そうだね」でいいのである。

この類いの妻の質問と、それに対するゴキブリ教授の答えは、はたで聞いていたらかなり変であろう。

妻「琵琶湖って京都？」
私「ああ、そうだね。」
妻「姫路って神戸？」
私「うん、そう。」
妻「小樽って函館？」

私「小樽は札幌だよ。」

「らしさ的相違」

ゴキブリ教授がまだゴキブリ青年だった頃、ボーヴォワールの「人は女に生まれるのではない、女になるのだ」という言葉を信じていた。世間で言われる男と女の「本質的な」相違は、実は本質的な相違ではなく、後天的なものである、と考えていた。男は勇気や決断という「男らしさ」を生まれたときから備えているのではなく、そうなるように育てられ誘導されてそうなるに過ぎないし、女はやさしさや気配りという「女らしさ」を天性に持っているのではなく、女の子だからこうしちゃ駄目とかこうするべきとか言われてそうなるに過ぎない、と思っていた。

今でも、男女の相違は、環境や教育によるところが大であり、生得的な違いは少ないと、考えてはいる。しかし、歳を取るにつれ、考えが少し変わってはきている。男女の相違のすべてが生まれた後から作られたのではなく、生まれながらの相違もあるのではないか、と考えるようになった。

男女の相違と言っても、ここで問題にしようとしているのは、性差そのものではない。性差そのものは歴然としており、男が子供を産むことはできない。そうした性差本体から派生して、男女の体格などの差が生ずることも、歴然だろう。そういう体の問題ではなく、男はリーダーシップに恵まれ、女は協調性に優れているとか言われる、体の相違とどこかで関連しているのかも知れないが、体の相違自体と分離可能な、男女の相違である。そうした相違こそ、文明社会において、男女の役割の相違を規定しているものであり、男女差別を根拠付けてもいるものであろう。この相違に「ジェンダー」という言葉をあてる場合もあるが、外国語が苦手なゴキブリ教授には運用できそうもない。そこで、この駄文では、上のような男女の相違を「らしさ的相違」と呼ぶことにする。

ゴキブリ青年は、「らしさ的相違」が先天的なものではなく、後天的なものだとする立場に立っていた。男は子供を産めないが、育てることはできる。同様に、女は強度の肉体労働が無理としても、働くことはできる。こう考えていたわけである。

ゴキブリ教授の場合、一人娘の教育に携わったことが、「らしさ的相違」に対する見方を変える、大きな原因になった。女の子らしさに誘導するような教育をしなければ、あまり女の子らしくない女の子に育つはずだった。たとえば、言葉使いにしても、服装にしても、女の子らしくならないよう努めたわけである。ボーヴォワールの言葉が正しければ、一人娘は女の子か男の子かよくわからない子に育つはずだった。ところが、一人娘は、勝手に女の子らしくなっていった。幼稚園に行く頃には普通の女の子だった。男女の「らしさ的相違」は、もっぱら後天的ではなく、少なくともある程度までは先天的であることが明らかになってしまったのである。

「らしさ的相違」

街を歩いていて男女差を感じるのは、たとえば、前から若いカップルが歩いてきたときだ。女の子の方は、男の子の方に顔を向け、あれこれ話しかける体である。彼女の関心は彼に集中しており、彼女の目に映るのは彼のことばかりである。誰とすれ違おうが、周りにどんなお店があろうが、気にならない。一方、男の子の方は、彼女の話に耳を傾けながらも、目は彼女を見ていない。まるでパトロールをするかのように、視線はあちこちに向けられる。きょろきょろしていると言ってもよい。彼はたぶん、美人とすれ違えば、しばらく目で追うであろう。自分の趣味に関連する店などあれば、見過ごしたりはしまい。

つまり、女の関心は集中し、男の関心は散漫である。これは、女が主に育児などの屋内活動に従事し、男が主に狩りなどの野外活動に従事し、ということの名残りだと説明されることが多い。

こうした男女の違いは、若いカップルだけに見られるものではない。男性ばかりの数人グループが街頭にいて、どこのお店に行くべきかなどの協議を始め、いささか通行のじゃまになりかけているとしよう。このような場合、グループ内の誰かが気付いて、端へ寄るなり何なり、通行のじゃまにならないように注意するのが普通だ。つまり、男というものは、周囲が気になるので、グループ外に目が向く。

一方、女性ばかりのグループが、同じ状況になっているとしよう。その場合、グループ内の誰も、状況を打開しようとしないのが普通なのである。だから、そばを通りかかったおじさんから、「じゃまなんだけど」などと言われてしまう羽目になる。つまり、女というものは、周囲が気にならないので、グループ内に関心が集中する。

こうした、女は集中、男は散漫という違いが、多くの「らしさ的相違」の根幹にあるのではないだろうか。

ここで、あらかじめ断っておかなければならないのは、男と言い、女と言っても、人それぞれ違うので、この駄文で「男が」というのは、すべての男を指すわけではないということだ。同じく、この駄文で「女が」というのも、すべての女を指すわけではない。「男が」というのは大体男の九割程度、「女が」というのは大体女の九割程度とご理解いただきたい。

ゴキブリ教授が街を歩いていて、人とぶつかることは滅多にない。特に、男性とぶつかることは皆無に近い。それは、男というものが注意力を散漫に用いて、周囲をまんべんに見ているからである。自分の行く手から男性が来るのが見えれば、道を少し譲る。相手も自分を見ていて、道を少し譲る。お互いに譲り合うので、半身分ずつ譲れば、ぶつかることはない。

ところが、行く手から来るのが女性だった場合、道を少し譲ったぐらいでは、ぶつかる危険性がある。相手の女性が自分を視野に入れていても、自分を関心外に置き、道を譲らない可能性があるからだ。

ゴキブリ教授はこうして、まま女性とぶつかる。道を譲る幅が足りなかったり、十分譲ったはずの逆方向に、突然女性が進路を変更したりするからだ。(お互いに避けようとして同じ方向に動いたということではない。そうであるなら、お互いに減速してぶつからないであろう。)気の弱いゴキブリ教授は、女性とぶつかると、とっさに謝ってしまう。すると、たいていの女性は「今ぶつかって来たのはあんたか」という目で教授をにらみ付け、黙って去ってしまう。ぶつかって謝ってくれる女性はほとんどいない。少しくやしい。

男同士がぶつかったらどうだろう。下手をすると喧嘩だろう。男はぶつからないように注意力を用いているはずだから、ぶつかってくるのは尋常ではない。何か故意があったのではないか、という話になりかねないわけである。

ゴキブリ教授の観察では、女の人同士はよくぶつかっているようだ。街角でもぶつかり、せまいお店の通路などでは、かなり頻繁にぶつかっている。そうした場合、ぶつかった女の人同士は、何のあいさつもなく立ち去ってしまう。どうやら、女の人というものは、ぶつかり慣れているようなのだ。
ここら辺のところは、あまり言及する人がいないが、男女の「らしさ的相違」がよく表われているところだろう。

「らしさ的相違」

男は散漫、女は集中という相違は、日常の色々な場面で発揮されている。たとえば、工事現場の仮囲いは、近年では一部が透明樹脂素材でできていたりして、その部分から中をのぞき見ることができるようになっている。こうした部分に立ち止まって仮囲いの中をのぞいて見るのは、たいてい男性である。
女性は、同伴者がいれば、そっちに関心が集中するので、工事現場のようなちょっとした外界の変化に気が向かない。最近では、スマートフォンでの情報交換などに気を取られて、ということもあるだろう。そうした関心の向かう対象が眼前にない場合でも、心の中で誰かに（あるいは自分に）関心を向けたりしているので、外界の変化に気づきにくい。ムクドリなどが近くで鋭く鳴いたりしても、たいていの女の人は無関心である。

クロスシートの私鉄特急などに乗ると、同伴者があっても、窓の外に関心が向かうのが男である。たとえ幼児であっても、男なら窓の外を見る。同伴者がいなければ、そして急ぎのパソコン仕事などないならば、男は窓外に目を向けて景色の変化を楽しむのが普通だ。だから、日が差し込んでカーテンをいっとき閉めるような男性でも、再び日が当たらなくなればカーテンを開けるのものである。(ゴキブリ教授のような幼児的男性は、日が差し込んでもカーテンを閉めない。)

他方、女の人は、同伴者がいればもちろん、同伴者同士のおしゃべりに集中するので、窓外を見ない。たとえ一人でいても、女の人は、窓外の景色にあまり関心を持たない。メール交換などにいそしむか、寝てしまったりする。カーテンを一度閉めたら、二度と開けないのが女の人である。

上の例が示しているように、男は散漫、女は集中という「らしさ的相違」は、男は外界に関心を持ち、女は内界ないしは人間関係に関心を持つ、という面につながる。

女はおしゃべり、男は無口、という既成観念も、こうした関心の持ち方の違いによるものだろう。女性は、人間関係に関心が強いので、おしゃべりに大きな価値を置く。眼前のおしゃべりの相手と自分との人間関係が重要、というだけではない。女性同士のおしゃべりの話題はたいてぃが人間関係だ、ということもある。相手との人間関係も大事だし、話題も大事だ。おしゃべりを忌避する理由があろうか。かくて、女性はおしゃべり、という相場が出来上がる。

男だって、人間関係に関心がないわけではない。しかし、世界には、人間関係以外に関心を引くものがたくさんある。自然のあれこれや、仕事上のあれこれ、などなど。男同士でおしゃべりに花が咲く場合があっても、その話題は、趣味の釣りについてだったり、どこそこの料理だったり、人間関係でないことが多い。だから、適当な話題を共有できなければ、男同士はあえて、おしゃべりに興じない。黙って、「美人でも通らないかな」などと散漫な注意力を発揮する。男同士というものは、黙っていても問題ない。黙っていても気まずいわけではないのだ。かくて、男は無口、という相場が出来上がる。

「らしさ的相違」

これまで書いたこととの関連はしばらく措き、女性のグループの街の歩き方と、男性のグループの街の歩き方と、両者の違いというものもある。

女性のグループは、横広がりになって歩くのが原則になっている。二人いれば二列横隊、三人いれば三列横隊、四人いれば四列横隊で歩く。四人もいると、フランスデモみたいだ。これは、女性のグループが平等を旨としていて、上下関係を容認しないからのようだ。つまり、女性は平等主義者で、序列を好まない。

他方、男性のグループはどうか。二人ならば二人横並びで女性と変わらない。しかし、三人いれば、三列横隊にはまずならない。前に一人後ろに二人、あるいは、前に二人後ろに一人、といった縦の隊列を形成するのだ。たいていの場合、前にいるのが先輩などの上位者、後ろにいるのが後輩などの下位者である。つまり、男性は序列を良しとし、序列を反映した隊列を作る。

これまで書いてきたこととの関連はどうか。これまで書いてきたのは、男は散漫、女は集中という相違が、男は外界に関心を持ち、女は内界ないしは人間関係に関心を持つ、という面につながり、そこからさらに、女はおしゃべり、男は無口、という相場が出来上がる、ということだった。そうした男女の「らしさ的相違」と、女性が序列を好まない、男性は序列を良しとする、という相違と、二つの相違はつながっているのだろうか。

こう考えたらどうだろう。女性は、眼前の仲間に関心を集中させ、眼前のグループを何よりも人間関係の場と捉えている。だから、グループ内の人間関係の維持が最重要事項になる。そこで女性たちは、グループに序列を持ち込むことで、グループ内の人間関係が危うくなるのを恐れ、(実際には色々な序列があったとしても)序列を排除して、平等主義的に振る舞う。こうして、女性たちは、横広がりになって歩くことになる。

他方、男性は、眼前の仲間に関心を集中させず、仲間の背後にある、仲間の属性にも散漫な関心を寄せる。たとえば出身学校の先輩後輩といった属性である。(この属性それ自体も人間関係に他ならないが、出身学校という眼前を超えたものを根拠にしていて、あなたと私という人間関係に比べれば、より客観的な関係である。)つまり、男性は眼前のグループを、人間関係であると同時に、出身学校の卒業の先後や、仕事上の上下という客観的な事柄の反映と捉えている。だから、グループ内の人間関係そのものだけではなく、グループ内の人間関係の背後にある、同窓社会や仕事組織が見えており、背後にあるのものが序列的であるならば、グループ内に序列が持ち込まれても、当然ということになる。こうして、男性たちは、縦の隊列を作って歩く。

ここに書いた、横広がりになって歩くか、縦の隊列を作って歩くか、という男女の違いは、男女の社会性の違いとなって現われてくる。女性が中心になって作る社会は、たとえば家庭は、出来の良い子も悪い子も平等に扱う社会になるであろう。他方、男性が中心となって作る社会は、たとえば軍隊は、序列上位者の命令一下で動く社会になるであろう。

このことの意味は小さくない。企業などの職業組織の多くは、男性が中心となって作っており、それゆえ、序列重視の組織になりやすいであろう。こうした男性中心の組織に女性がなじむには、男性が感じない強い困難がありそうだ。

だから、男女平等というタテマエを振り回しても、あるいは、男女雇用機会均等法などを作っても、職場での男女差別はなくならない。

「らしさ的相違」というのは、案外手ごわいのだ。

お年玉

元旦、遅く起きてきた大学生の娘に、お札の大きさに切った紙を「はいお年玉」と言って渡す。「二万円、ゴキブリ銀行券」と書いてあり、福沢諭吉の代わりに「へのへのもへじ」の絵柄になっている。娘は始めは「またこのふざけオヤジが新年早々」という顔で鼻で笑う感じだったが、裏返して見て吹き出した。「裏見ちゃイヤ」と書いてあったからだ。

理科、文科

ゴキブリ教授は、子供の頃理科少年であった。

たとえば、木の枝に蜘蛛が巣を作るのを最初から最後まで見ていた。蜘蛛の巣作りは、自分の出した糸で木の枝からぶら下がり、おしりから出る糸を風に飛ばせて別の枝にくっつけて、枝から枝に一本の糸を掛けることから始まる。巣の枠に当たる多角形の部分と、中心から枠に向かう何本もの放射状の糸とを掛けるが、これらの糸は粘り気のない、つまり捕虫機能のない糸である。この粘り気のない糸が蜘蛛の巣の言わば基礎であり、これらが出来上がると、蜘蛛はおしりから粘り気のある糸、つまり捕虫機能のある糸を出し、放射状の外側から中心まで、一本一本の放射状の粘り気のない糸にくっつけてゆく。同心円に見えるこれらの糸は、したがって螺旋状であるが、昆虫などのエサを捉える、蜘蛛の巣の本質をなす部分である。巣が完成すると、蜘蛛は巣の中心に待機して、エサがかかると振動で感じ取り、エサまで走って行って逃げられないようにエサを糸でくるむのである。蜘蛛はこうした巣を、一時間近くかけて完成させる。

子供時代のゴキブリ教授は、この小一時間の工程に感動し、蜘蛛に申し訳ないと思いながら、もう一度見たさに、巣を破壊した。蜘蛛は、しばらく静かにしていたが、その後、教授のリクエストにこたえて、再び巣を掛けて見せてくれたものだ。

母が庭で大事にしていた小さなミカンの木にアゲハ蝶（ナミアゲハ）が卵を産めば、これを育てるためにミカンの葉っぱを取っていいか母に了承を得た上で、一個の卵を起点に、一齢幼虫から五齢幼虫、サナギ、成虫まで育て上げた記憶も鮮明に残っている。

クリスマスの折りにねだり、子供用の安い顕微鏡を買ってもらったこともよく覚えている。その顕微鏡でのぞいて見たかったのは、プランクトンであった。貯めてあった小遣いをはたいて水槽とヒーター（熱帯魚飼育用）を買い込み、近所の池の水を汲んできて水槽に入れ、ワラを煮出した培養液を入れて、淡水性のプランクトンを培養する。そして、増えたプランクトンの色々をのぞいて楽しむ。そういう変な子供だったのである。

そういう理科少年だったのは小学生までだった。長ずるにつれて興味の向かう先が変わり、いっとき文学少年だったこともある。

さらに時がたち、大学は哲学科に進んだ。その後も色々あって、ゴキブリ教授のただ今の専門は経済思想史である。一応経済学者の末席に連なっていることになる。

ごく幼い子供時代を除けば、ゴキブリ教授は文系人間だったと言ってよい。

ところで、理系、文系と大きく二分するが、両者はどう違うのか。巷間では、数学が得意なのが理系で、数学以外が得意なのが文系、などという適性判断もまかり通っているようだが、それは乱暴に過ぎるだろう。数学が苦手なのが文系と言っているようでもあり、文系を下に見るニュアンスがある。

言うまでもないだろうが、文系でも数学を多用する分野は少なくない。ゴキブリ教授の属する経済学にも、数学を用いる分野は多い。

(ちなみにゴキブリ教授は数学ができない。教授会で、隣に座っていた数学の先生が、ひまつぶしか、数式を書き連ねて何やら計算をしていた。専門家なので、数式の字がとても美しくほれぼれする。思わず『それは何の計算ですか？』とゴキブリ教授が問うと、数学の先生は答えた。『説明しても君なんかには分からんよ。』ゴキブリ教授が数学が駄目なことを、お見通しである。）

法学や社会学などでも、統計と関わるのであれば、数学ができないと問題であろう。近年では、文系でもコンピューターを利用する分野が増加しており、そういう分野でも数学の素養は必要だろう。だから、数学の出来不出来で理系、文系と分けるのには無理がある。

学問を自然科学、社会科学、人文科学と分ける仕方が昔からあり、大学の教養科目の必須三分野とされていた時代もあった。その分け方では､自然科学が理科、それ以外は文科ということになる。自然科学に属する科目は、物理学、化学、生物学などであり、社会科学に属する科目は、法学、経済学、政治学などであり、人文科学に属する科目は、哲学、歴史学、文学などである。このオーソドックスな分け方は、学問の対象の違いによるとされている。

一見当たり前に思えるこの分け方にも、実は問題がないわけではない。文学にしたところで、自然を対象から排除しているわけではないからだ。

鳥を見て、どうしてあのように飛べるのか、体のつくりはどうなっているのか、骨格や筋肉はどういう具合か、というように考えると、生物学に近づく。一方、鳥を見て、自由に大空を飛び回れる（ように見える）鳥たちと、地面をはいずり回って働き、めんどうな人間社会にからみ取られて不自由極まりない自分と、両者を比べて慨嘆すれば、それは文学に近づくのだ。

この例が示しているのは、生物学と文学の違いは、対象の違いというよりも、対象に対する態度の違いということだ。生物学の場合、自己はある意味消し去られて、対象を見る自己の視点は、あたかも天から俯瞰するような客観的なところに置かれる。それに対して、文学の場合、自己は消し去られず、むしろ自己が肥大して対象に働きかけ、自己が対象の見方を規定してしまうように思われる。同じ鳥を見て、生物学はとりあえず自己を棚上げにするのに対して、文学は自己にこだわり続けるのだ、と言い換えてもよい。

生物学も文学も、生き物に驚嘆するところから始まるであろう。そこから、生き物を解剖したり、生き物の体の組織を顕微鏡でのぞいたりする方向に向かうのが、生物学である。一方、生き物に触れたりせず、その生き物のあり方に心を留めて、自己のあり方に思考をめぐらすのが文学である。こう言ってもよいだろう。自然科学で客観性が重視され、客観的な思考法が当然とされるのは、こうした文脈においてであろう。文学では、客観性をある程度犠牲にしてもよいから（客観性を丸ごと放棄してしまうと他者に理解されなくなる）自己は保持され続けられねばならない。その限りにおいて、文学は主観的である。

こう考えてくると、理科と文科の境目は、案外はっきりしなくなる。対象に向かったとき、それは客観的に向かっているのか、主観的に向かっているのか、常に明確なわけではないからだ。

幼い子供の頃、蜘蛛が巣を作るのを一心不乱に見ていたゴキブリ少年の場合は、どうだったのか。ゴキブリ少年は、本当に理科少年だったのだろうか。

女性週刊誌の目次

男性がデパートなどで買い物をするとき、普通男性が立ち入らないような区画に入ると、たちまち迷うことになる。男性用の区画は、男性から見て整然としている。ジャンル別に分かれているのが原則で、ジャンルの大分類、中分類、小分類と、絞っていけば、目的の商品に達する。たとえば、トランクスタイプのパンツMサイズを買うとする。下着売り場を探す。あった。下着売り場の中で、パンツの仲間が集まっているところを探す。あった。その中から、トランクスタイプのパンツのまとまりを探す。あった。その中からMサイズを探す。こういう手順で目的の商品に達する。

こうした商品の配置方式は、ゴキブリ教授の職業になじみの深い、図書館と同じだ。ＮＤＣ（日本図書館分類法）によれば、ゴキブリ教授の専門分野である「経済思想史」は、大分類３００「社会科学」の中の、中分類３３０「経済」の中の、小分類３３１「経済学・経済思想」の中にある。

こういうのが男には分かりやすいし、植物図鑑などの項目の配列もこうなっている。ＣＤショップやレンタルＤＶＤ店などの商品配列も、同様だろう。

ところが、デパートの女性客を対象にした売り場では、必ずしもこうなっていない。パンツはどうなっているのか知らないが、たとえば妻が白のブラウスＭサイズを買うのに付き合うとすると、ブラウス、白、Ｍサイズという風に絞っていけない。ブラウスが一か所に固まっていないので、あっちのブラウス、こっちのブラウスと見て回らないと、そのデパートにあるブラウスの全貌が分からないのである。

これはわざとやっているとしか思われない。デパートの婦人服売り場は、客に全部の商品を見てもらいたいのであろう。全部見てもらえれば、その日のお客の目的である白のブラウス以外の商品に目が留まり、買ってもらえる可能性がある。今日買ってくれなくても、色々見て覚えてもらえれば、将来買ってくれるかも知れない。そういうことになっているようだ。妻は、たぶんデパートのそうした商品配列に慣らされてしまっており、だから最初から全部見るつもりいるようである。付き合わされる方はとても疲れる。

デパートに限らない。ゴキブリ教授はごくたまにであるが、本屋で雑誌を手当たり次第に山ほど買って来ることがある。「学問の世界はたこつぼ」などと言われるが、確かに専門化は進んでいる。ぼんやりしていると、非常識ゴキブリ教授になりかねないので、普段接しない情報に接しようと、雑誌を手当たり次第に買って来るのである。その中には、女性週刊誌の類いが混じることもある。この女性週間誌の記事の配列が、デパートの婦人服売り場のような印象を受けるのである。どこにどういう記事があるのか、とても分かりにくい。目次を引こうとするが、その目次がどこにあるのか、にわかには分からない。普通、目次というものは、最初の方にあるものだが、女性週刊誌の場合、そうとは限らない。だいぶ後の方にあるのが普通だ。女性は女性週刊誌を見るとき、目次を引かないのだろうか。デパートの婦人服売り場の教授の妻のように、全部見るつもりなのか。教授が男性週刊誌を見る場合、目次を見て、見たい記事を選択的に見て、たいていはそれでおしまいになる。そうでなければ、週刊誌一冊に時間がかかってしょうがない。これは、新聞を見るのと同じ感覚である。新聞を隅から隅まで全部見ていたら、それだけで何時間も経ってしまう。

つまり、ゴキブリ教授が週刊誌や新聞に対するやり方は、効率本位である。効率を意識してそうしているわけではないのに、知らずのうちに、効率のよいやり方を選択してしまっているのだ。

ゴキブリ教授に限らず、男というものは、このように効率本位で生きているのかも知れない。オフィスなどでの仕事上での人の動きは、効率本位であろう。それは、知らずのうちに、男のやり方をなぞっている可能性があるのだ。

それはともかく、ゴキブリ教授はよくスーパー・マーケットに行く。教授は料理をするから、料理の材料を仕入れに食品売り場に行くわけである。食品売り場に行くと、主婦とおぼしきご婦人たちを目にするのが常である。このご婦人たちの中には、独特の動き方をする人たちがいて、教授の目を引く。

魚の売り場で魚を見て少し考え、肉の売り場に移動して肉を見て少し考え、また魚の売り場に戻ったりする。明らかに、献立を考えながら、あれこれ迷っているのだ。非効率この上ない。しかし、これこそ女性流の買い物なのかも知れない。あれこれ迷いながら買い物を楽しんでいる、そうも見えるのである。

デパートの女性客向け売り場の商品配置も、あれこれ見て迷いながら買い物を楽しむのであれば、現状でよいのだろう。女性週刊誌の目次が目立たないところにあったりするのも、同じ理由による可能性がある。女性たちは、目次を引いて必要な記事に達するという、男流の効率本位で週刊誌に対さない。週刊誌の記事を、必ずしも全部見ないとしても、あっちを見たりこっちを見たりして、楽しんでいるのであろう。

ゴキブリ教授を含む男たちも、たまには効率本位をやめて、女性流のあっちを見たりこっちを見たりする、非効率な動きを心掛けるべきかも知れない。その方が楽しそうではないか。

ぜん息

ゴキブリ教授の持病の一つにぜん息がある。風邪を引いたりすると、強い発作が出てなかなかつらい。本体の風邪が治っても、ぜん息の発作はなかなか収まってくれない。そういう日々のひとこま。

娘「お父さん、馬鹿に静かだね。」

妻「しゃべると、せきか出るからだよ。なんか、黙ってると、いつもより小さく見えるね。」

娘「ああ、いつも態度がでかいからね。」

私「げほ、げほ、げほ。」

妻「笑わせたら駄目だよ。せきが出るから。」

名調子

ここで名調子というのは、たとえば観光バスのガイドさんに特有の口調である。「右に見えますのが刑事ドラマでおなじみの警視庁でございます。左手の桜田堀にかかる橋を渡りますと皇居桜田門がございます。ここから新聞記者たちの間で警視庁を桜田門と呼ぶようになったと言われております。」などというあの口調である。

この観光バスのガイドさんの口調に似たものとして、今ではあまり聞かれなくなったが、エレベーター・ガールさんの口調がある。「上へまいります。六階は家庭用品売り場でございます。家具、電気製品、寝具、食器がございます。」などというあの口調である。

両者にはよく似た特徴がある。語るスピードがやや遅く、トーンは高めで、ほぼ文節ごとに区切りを入れる。しゃべるというより、歌うような調子である。

なぜ、こうした口調を用いるのか。聞くところでは、一般客のおしゃべりとまぎれないようにするため、という理由があるらしい。なるほど。しかし、この駄文では別の観点からこの口調について考えたい。

第一に、こうした名調子のしゃべり方は、しゃべる人の個性を消すという作用がある。だから、ちょっと練習すれば、誰でも同じようなしゃべり方になる（はずだ）。没個性的になるのだ。これは、観光バスの若いガイドさんとか、デパートの若い社員さんとかにとって、ありがたいしゃべり方であろう。このしゃべり方だと、新人とベテランとの差が出にくい。台本があるのなら（あるはずだ）新人とベテランとの差はほとんどなくなるであろう。

第二に、こうしたしゃべり方でしゃべると疲れない、という利点がある。没個性的になるということは、個性を出さなくて済む分気楽ということでもある。「右に見えますのが刑事ドラマでおなじみの」と言ってはいても、刑事ドラマなんか見たことがないかも知れない。それでいいのである。刑事ドラマなんか見たことがない自分を省みて、「推理小説でおなじみの」などと言い方を変えれば、直ちに責任が発生する。

「家具、電気製品、寝具、食器がございます」と言ってはいても、本当にそれらがござるか確固たる知識を持つわけではない。それでいいのである。自分の知識を省みて、「電気製品、食器などがございます」などと言い方を変えれば、直ちに責任が発生する。

言葉というものは、そういうものなのだ。自分だけが発した言葉には、自分だけの責任が発生する。名調子のしゃべり方で台本を読み上げているだけなら、しゃべる内容に責任を持つ必要はない。内容は誰かが決めていてくれるのである。しゃべる内容を気にしないで、もっと他のこと、一般客の様子に気を配るなどに、気が向く余裕も生まれるというものだろう。

だから、この名調子は、なかなかよくできたものなのである。「妙な節回しをつけやがって」とか「気取りやがって」とか、馬鹿にしたものではない。この名調子を用いないで、自分流にしゃべるとどんなことになるだろう。たとえば、「右に見えますのが警視庁で、昔父がやっかいになったところです」ということにでもなると、なかなか大変だ。話の収拾がつかなくなるかも知れない。

「電気製品、食器がございますが、近ごろ電気製品は専門店の方がお安くなってございます」ということにでもなると、「なかなか大変」では済まない可能性もある。

名調子でない普通の自分流の方が、簡単なようでいて、かえって困難な面を含んでいるのである。

これは、言葉というものの侮れない性質を示している。自分流のしゃべり方には自分という人間性がいやおうなく出てしまう。だから、自分流には責任が発生するのである。名調子は、没個性、疲れない。自分流は、顕個性、疲れる。


昔、学習塾の教壇に立ち、小中学生に算数・数学や理科を教えていた頃の話。

当時、若かったせいもあり、私語に花を咲かせる生徒を、「うるさい！」などと怒鳴ったりすることがままあった。これが疲れるのである。本気で怒鳴ったりすると、その一瞬だけで、どっと疲労感が増す。感情が動くと疲れるということもたぶん大きい。それに加えて、「うるさい！」という言葉は、まぎれもない私自身が生徒に発した言葉であり、「三平方の定理によれば」などという一部借り物の言葉ではない点が大きいと推察されるのである。

逆に言えば、「三平方の定理によれば」などというくだりは、ある意味名調子化していく傾向を持つ。本気度が下がった言葉になりかねないのだ。

これに類することは、大学の教員になっても経験する。毎年同じノートを読み上げるような講義は今どきありえないが、私の担当科目である「経済学史」や「社会思想史」では、ほぼ同じ内容を毎年繰り返すことになる。聞く方は初めてでも、聞かせる方は繰り返しなので、聞かせる方はだんだんうまくなる。人物エピソードの語り方とか、板書の仕方とか、徐々に定型化していくことは避けられない。知らずのうちにそういう方向に向かってしまう。

それはそうであろう。同じルソーならルソーについて述べるのに、去年と今年とでまったく違うことを述べるということは、ありえない。勉強して少しずつ変わっていくとしても、その勉強の成果は、私の抱くルソーの像が収束していくことでなければならない。よく言う「勉強するほど分からなくなる」というのは、勉強するほど奥の深さが知れるという意味であって、本当に分からなくなるわけではない。

そういうわけで、何年も同じ題材で講義していると、私なりにうまくなってくる。うまくなってくると、今日はとりわけ調子がいいな、板書もきれいに書け、しゃべりも淀みなく、気持ちいいな、という日がたまにあるわけである。そういうとき、ふと学生たちに注目すると、何と、半分近くが寝ているのである。

いつもは、板書もうまくいかずに書き直したり、しゃべりも行ったり来たりして、うまくいかないことが多い。そういうときの方が、学生たちは寝たりしないで、聞いてくれるのである。それなのに、うまくやれたときに限って、学生たちは寝てしまう。これは悲しい。

悲しいけれど、こうなる理由は明らかであろう。私が調子がいいとうぬぼれているとき、私の書く板書も、私のしゃべる言葉も、名調子に堕してしまっているのだ。知らずのうちに、状況と馴れ合う方向に変化してきた私の言葉は、台本でもあるかのように、迫力を失なっている。力の弱い言葉が、表面上すらすら出てくるばかりでは、学生たちの心に届かないのは当然なのである。

ということは、普通の意味で、うまくなるだけでは駄目だということだ。観光バスのガイドさんとかエレベーター・ガールさんは、うまくなるだけでいい（たぶん）。ところが、私のような職業では、うまくなるだけで満足していると、学生たちを寝かせて満足していることになりかねない。うまくなるように変化して、言葉の迫力を失なうのであれば、下手なままでも、迫力のある方がましなのである。

話が変わるようだが、妻は韓国ドラマを好む。私が昼下がり書斎にいるとき、妻は居間で韓国ドラマを見ている。この韓国ドラマがうるさいのである。妻にうるさいと言ったことがあり、以来、妻はテレビの音量を小さめに絞っている。狭い集合住宅であるとはいえ、またドアというドアを開け放っているとはいえ、少し離れた書斎から、ドラマのせりふがそれと聞き取れるわけではない。それでも、うるさいのだ。なぜかと言うと、韓国ドラマが特にそうなのかどうかは知らないが、ドラマというものは、相手をののしったり、泣きわめいたりすることが多く、かすかに聞こえたぐらいでも、無視できない強さを持つのだ。

つまり、ドラマの言葉は、台本はあるのだろうが、あたかも役者が自前の言葉を吐いているかのように発せられており、名調子とは逆の強いひびきを持つ言葉なのである。

人が発する言葉というものは、不思議な性質を持つ。それは、言葉という一種の記号であるにとどまらない。音声を伴なっているからだ。音声を伴なわないで、たとえば紙に書いた言葉を相手に示すことで言葉を伝えようとするのと、音声を伴なって言葉を相手に伝えようとするのと、違いは明らかだろう。

もちろん、紙に書いた言葉を相手に示す場合も、表情や身振りを加えれば、その言葉は、記号であるにとどまらない強さを持つだろう。とは言え、ひとたび音声を伴なえば、その言葉の強さが桁違いに高まることに変わりはない。

怒鳴ったりすると疲れることはすでに述べたが、怒鳴った言葉というのは、最大限の強い音声を伴なった言葉であるから、その言葉の意味の強さはともかく、その言葉の音声としての強さは最大に達している。そうした強い言葉を発すれば、疲れるのは当たり前なのである。

韓国ドラマのせりふがうるさく感じられるのは、俳優が精いっぱい力を込めたせりふを発しているからであろう。書斎でのんきに読書などしている私は、そのドラマの内容に無関心なはずなのに、力を込めたせりふに耳が勝手に反応してしまうわけである。「耳が」と書いたが、力を込めたせりふに反応するのは、私の心であろう。

切羽詰まったような強い音声を伴なった言葉を、人は無視できない。往来で泣き叫ぶ声を耳にして、声の出どころを見ない人はいまい。私たちはそのように出来ている。泣き叫ぶ声に無反応でいることができないのが人間の心なのだ。

そして、親しい人の言葉は、音声としても、意味としても、必ずしも強くなくても、私の心にストレートに届く。その届き方は、耳から入って、脳に届くという感じではまったくない。胸に直接届く感じがするのだ。

今は亡き父や母の言葉は、父や母の胸から発して、直接私の胸に届いていたような気がしてならないのである。

昔の学校、今の学校

子供の頃、とりわけ小学生の頃、学校はとても高いところにあった。高いところというのは、土地の高度ということではない。たとえば、家庭が俗であるとすれば学校は聖であり、家庭が愚であるとすれば学校は賢である、ということである。学校は家庭では叶わない、理想や科学を授けてくれるありがたい存在であった。学校には、顕微鏡やステレオ再生装置など、家庭にはない高級な機器があったし、学校には、理想や科学を説く、両親とは違う人種の先生という人たちがいたのである。

今はどうか。ステレオ再生装置は、たぶんたいていの家庭にある。ステレオ再生装置という言い方自体、時代遅れになってしまった。左右のスピーカーから別の音が出てくるという再生方式が、再生方式として当たり前になってしまっているので、ステレオという概念があまり意味を持たなくなっているのであろう。

今でも、顕微鏡はない家庭の方が多いかも知れない。しかし、同時に、持とうと思えばいつでも持てる類いのものに過ぎないだろう。

豊かになった日本の家庭は、機器の面では、学校と同等か、下手をすると学校以上に恵まれているのである。

ゴキブリ教授が暮らす町では、町の首長の偏見から、小中学校でのエアコンの設置が進まない。家庭でエアコンの快適さに慣れている子供たちが、学校ではエアコンなしの苦行を余儀なくされているのである。

それは、まれなケースかも知れない。だから、それは措くとしても、豊かになった日本の家庭から見れば、学校は物的な面では、高いものでは全然ない。教室の机や椅子やカーテンは、家庭のそれらより粗末であろうし、廊下やトイレは、家庭のそれらより汚いであろう。そういうわけで、学校は家庭より高いものではなくなったのである。

先生はどうか。ゴキブリ教授の子供時代、大学卒業者はめずらしい存在であった。だから、学校の先生というのは、高学歴者であり、それだけで尊敬すべき存在だったのである。

今はどうだろう。大卒が当たり前になり、家庭の主婦たちの中には、有名大学の出身者も多いだろう。彼女たちから見れば、小中学校の教員などは、目の下の存在かも知れないのである。高学歴社会の日本の家庭から見れば、学校は心の面でも、高いものでは全然ない。

だから、近年の学校不信は、あるいは当然とも言ってよい。昔のように、物的な面と心の面と、両面での学校の相対的な高さが失なわれて、場合によっては、学校の方が家庭より劣るとみなされる状況になっているからである。

しかしながら、そういう理由が学校不信の主因であるとしたら、その学校不信の根拠は薄弱極まりないことになる。かつてあった学校の高さが失なわれたのは、学校が物心両面で水準低下を起こしているからではなく、かつて貧しかった家庭が物心両面で水準上昇を遂げた、ということに過ぎないのであるなら、学校には何の罪もないことになるからである。

近年の学校不信の根拠は、もっと根深いところにもあるような気がする。学校の相対的な高さの最重要尺度である、科学や理想の価値の低下がそれである。

ゴキブリ教授が子供の頃、家庭は非科学の温床であり、とりわけ母親はそうであった。家庭の主婦である母親は、家族の平安や子供たちの成功を望み、神仏に願ったものである。その母の気持ちは尊いとしても、何かと神仏が出てくる家庭の非科学から子供たちを救ってくれたのは、科学を授ける学校であった。

今はどうか。昔に比べ、科学の価値が下がっていないか。科学を経済活動に用いることがますます進んでいるにしても、それは科学を利用することに過ぎない。科学を単なる利用可能な技術としてではなく、思考の枠組みとして尊重することが、ないがしろにされていないだろうか。

「科学的」ということは、たとえば、白衣や試験管によるということではない。数式やデータによるということでもない。「十分な証拠と納得できる論理」というのが、ゴキブリ教授の考える科学のあり方である。

だから、ゴキブリ教授の考える科学とは、およそまっとうな思考であるなら必ず備えていなければならない属性に過ぎない。ゴキブリ教授によるなら、科学でない思考は駄目な思考であり、科学的でない言説は世迷言でしかないのである。

少し脱線したかも知れない。

家庭の水準上昇によって学校の相対的な高さの一部が失なわれ、それが学校不信を助長しているとしても、科学や理想の価値が不変であるなら、そして今も変わらず学校がそれらの価値を教えるところであるのなら、巷間の学校不信に気をもむ必要はない。だから、文部科学省が、世論を気にして、学校の運営に細かな口出しはしない方がよい。

もし、今の学校に深刻な問題があるとしたら、それは学校の設備や先生の質の問題ではない。問題は、学校でないと教えられないであろう、科学や理想の価値の低下である。それは、学校自身ではなく、学校を取り巻く世間の側の問題であろう。

愛はむずかしい

バレンタインデーが近いある朝、テーブルの上に娘のメモがあり、私へのプレゼントに何がいいか聞いている。選択肢があり、チョコレート、ケーキ、その他、とある。「何もいりません、愛だけで十分」と書いておく。

夜帰って来た娘がそれを見て、「あ、愛はむずかしいな」と言った。

前向き駐車ってどっち向き？

あまり大きくない駐車場でよく見かけるものに「前向き駐車」の掲示がある。この掲示の意味がよく分からない。「前向き駐車」とは、車のどういう状態を指しているのだろう。

公道から駐車場に入ると、車路が一本だけ通っていて、そこから両側に分かれて止める、小規模な駐車場を想定してみよう。

駐車場に車を入れて、左側の駐車スペースが空いているのが見えたとして、そのままハンドルを左に切り、前進で駐車スペースに入れてしまうとする。これを「前進駐車」と名付けよう。この前進駐車の場合、車の前部は駐車場の外延側を向く。これが「前向き駐車」なのか。

あるいは、入れるべき駐車スペースのところでハンドルを右に切り、ハンドルを左に戻しつつ後進で入れるとする。これを「後進駐車」と名付けよう。この後進駐車の場合、車の前部は駐車場の中央側を向く。こっちの方が「前向き駐車」

なのか。

ドライバーからすれば、駐車スペースに収まった車は、どちらの場合も前向きであろう。車というものは、ドライバーからすれば、常に前向きなのである。

しかし、「前向き駐車」をお願いされているということは、どっちでもいいということではありえない。どちらか一方を要求されているはずである。

これは、視点の問題の可能性がある。前進駐車方式ですべての車が駐車すると、駐車場の外延側から見て、駐車された車の前部が並ぶことになる。後進駐車方式ですべての車が駐車すると、駐車場の中央側から見て、駐車された車の前部が並ぶことになる。どちらが正解なのか。

ネットで調べてみると、「前向き駐車」とは、前進駐車のことであった。なぜ、前進駐車が推奨されるかと言えば、小規模駐車場では、外延側は多く民家であり、民家側に排気ガスの害を及ぼさない、というのがこの「前向き駐車」のねらいであるらしい。

ネットで調べてみると、「前向き駐車」の意味がピンとこないのは私だけではないようだ。「前向き駐車」が前進駐車だと正しく理解している人は六割に過ぎず、

「前向き駐車」が後進駐車だと間違って理解している人が四割に達するという説もあるらしい。

なぜ、誤解が生ずるのか。視点をどっち側に置くかで、逆の意味になってしまうからだ。駐車場の外延側に視点を置くのか、駐車場の中央側に視点を置くのか。視点の置き所で、前向きの意味が逆になる。

同じようなことは、「鏡に映すと左右が逆になる」という言い方のうちにもある。鏡に向かって右手を上げると、鏡の中の像の私が左手を上げているように見え、鏡に向かって左手を上げると、鏡の中の像の私が右手を上げているように見える。「左右が逆」になっているかのようだ。

しかし、これはどうも「左右が逆」と言うべき事態ではないようだ。鏡に向かって上げた右手に対して、鏡の中で上げられた手の像は、私から見て右側にある。当たり前であろう。ところが、この鏡の中の手の像を「左手」だと感ずるのは、鏡に映った私の像全体を仮の私だとして、この仮の私の手だとするならそれは左手であろう、という類推が働くかららしいのだ。

この問題は、実は、「鏡像問題」として昔から色々に議論されてきた問題につながるようだが、ここでは、そうしためんどうな問題には関わりたくない。

視点の置き方で「回転の方向が逆」という事態もある。人間ドックなどで胃のレントゲン検査を受けるときに、「右に回って」と指示された場合の「右回り」の意味が分からなくなることがあるのだ。こうした混乱に陥るのは、私だけなのだろうか。

私だけではないのかも知れない。近頃のレントゲン検査では「時計回り」と言われることが多いという印象がある。こうした言い換えは、誤解を防止するためである可能性が高い。しかし、「時計回り」と言われたとて、その意味は変わらないから、私の混乱が防止されることにはならない。

もちろんのこと、いかにぼんやりした私といえども、通常の環境の中で「時計回り」の意味が分からなくなることはない。「時計回り」の意味が分からなくなるのは、胃のレントゲン検査の折に、検査台ごと体が回転して、頭の方が下がり足の方が上がって、逆立ちまではいかないけれど、上下が逆転したときに起こる現象である。

上下が逆転すると混乱するのは、どちらから見て「時計回り」かという、視点の問題があるからだ。通常の環境で「時計回り」というのは、言うまでもなく、上から見て「時計回り」ということである。それは、体の頭側から見て、ということでもある。体の上下が逆転すると、通常の上から見ては、足の方から見て、ということになるので、混乱が発生する。「時計回り」って、どっちから見てなのか、と疑問が生ずるのだ。頭側から見て「時計回り」であるなら、今頭は下になっているので、下から見てということになり、つまり、通常とは逆の向き、通常の「反時計回り」が「時計回り」になる。どっちが正解？　となるわけである。

もっとも、胃のレントゲン検査を何度も受けるうちに、体を「反時計回り」に回転する要求はありえないことが経験的に分かってしまったので、今では考えたりせず、「時計回り」に回ることができる。混乱を避けるためには、「（あなたの）頭から見て時計回り」とか言ったらいいと思う。

台風の類いも、北半球と南半球では、渦の向きが違う。北半球では反時計回り、南半球では時計回りの渦となる。これは、地球の自転の影響だが、北半球でも南半球でも自転の方向は同じで(当たり前である)、東へ東へと回っている。しかし、この回転は、北極から見れば反時計回り、南極から見れば時計回りである。

視点の置き所というのは、なかなか大きな問題をはらむものなのだ。

教室にエアコンは要らない？

ゴキブリ教授が住む町の首長は、町の小中学校の教室にエアコンを設置するのに反対で、この首長の方針のせいで、自衛隊機の騒音のために窓を閉め切らざるをえない一部の小中学校を除き、エアコンの設置が進まない。首長が言うには、エアコンで快適さを作り出すのは、環境への要らざる負荷の増加であり、子供たちの精神の涵養にもよろしくない。また、東日本大震災後の日本にあって、電力の大量消費につながるエアコンの設置は社会的にも許されない、と言うのである。

エアコンの使用が、環境への負荷の増加になり、電力の大量消費に拍車をかけることに、異論はない。問題は、そうした言わばエアコンの費用と、エアコンの便益とが、つり合うかどうかだろう。家庭や企業などの多くが、このつり合いに鑑みた上で、エアコンを使用しているのである。だから、首長の主張が正しいものであるためには、小中学校に限り、家庭や企業などとは異なり、エアコンの費用と便益とがつり合わない、という論証が必要となる。

ところが、若い頃、長年にわたって学習塾の講師を勤めたゴキブリ教授の経験からするに、小中学生が学ぶ教室というのは、エアコンの便益が費用を大きく上回る、典型的な場所なのである。

ヒトという生き物は、定温動物であるから、常に熱を発している。数多くの子供たちを収容する教室は、したがって、熱のこもりやすい容器である。夏の暑い盛りに、たとえば、外気温が体温近くに上昇しているときには、たとえ窓を開けて換気しても、教室内の気温は体温を超えてしまう。教室というのは、そういう場所なのだ。だから、エアコンが有効性を発揮する、典型的な場所が教室なのである。

ゴキブリ教授の町の首長は、元は中学校の教員だった人だ。それゆえ、上述の事情を知らないはずはない。なのに、なぜ小中学校の教室へのエアコンの設置に反対なのか。どうも、古臭い精神論のようなものが働いているようだ。

それはともかく、昔と違って、どの家庭にもエアコンがある。家庭でエアコンの恩恵を当たり前に享受している子供たちが、学校へ行くとエアコンなしの苦行なのである。そうでなくとも、子供たちは学校生活にストレスを感じている。勉強もそうだし、他にも色々ある。そうしたストレスには必要なものも多いので、学校にストレスは付きものだと言ってもよい。

だから、学校生活に関与する大人たちは、そうした学校に付きもののストレスを、減らせるものは減らすよう、努力するべきであろう。

ここからオープン

五枚組や十枚組の記録メディアのパッケージは、外装フィルムでまとめられている。この外装フィルムの開け口を探していたら、「ここからオープン」と記してあった。笑ってしまう。「ここから開ける」ではなく「ここからオープン」だ。

何年も前のことだが、ある中国料理店で笑ってしまったのは、しょう油さしに「ここをプッシュして下さい」と記されていたことだ。「ここを押す」ではなく「ここをプッシュ」だ。

どうしてこうなんだろう。日本語だけで十分に表現できるし、むしろ日本語だけの方がしっくりくるのに、外国語がまじるのだ。

ゴキブリ教授の住む業界では、外国語がまじることは珍しくないので、外国語に反感があるわけではない。ただ、不必要な外国語をまぜるべきではないし、まぜない方がわかりやすい。

明治の昔、先達たちは、苦労して外国語を日本語に訳した。リバティを「自由」

とか、デモクラシーを「民主主義」とか、それらの訳語がなければ、われわれ後進は難儀したに違いない。

明治の先達たちは、漢字の知識が豊かだったから、漢字の新しい組み合わせで、新しい日本語を作り出す能力にたけていた、ということがある。もうひとつには、英語教育の浸透や、海外旅行の一般化により、外国語への抵抗感が和らいだ、ということもあるだろう。

それにしても、外国語を訳さず、そのまま投げ出すのは、いささか芸がない。映画の題名なども、「ゴッド・ファーザー」は仕方ないにしても、「ミッション・インポッシブル」とかどうにかならないのか。

かつては、『戦場にかける橋』(直訳、クワイ川の橋)とか『俺たちに明日はない』(直訳、ボニーとクライド)とか、うまい訳があったように思う。

近年の外国語投げ出し方式は、コンピューターの普及によるところも大きいのではないだろうか。コンピューターに関わる用語は「デフォルト」とか「インストール」とか、外国語投げ出し方式が当たり前になっている。たとえば「規定値」とか「組み込み」とか訳すと、何か問題でも生ずるのだろうか。

何年か前に、国立国語研究所が外来語の言い換えを提案している。たとえば、「コンセンサス」は「合意」、「タイムラグ」は「時間差」、「モラトリアム」は「猶予」、などである。なるほど、やればできるではないか。

上の問題とどの程度関係しているか分からないが、「ご利用になれません」とか、「ご乗車になれません」とか、よく耳にする言葉使いも気になる。「お使いいただけません」とか、「お乗りいただけません」とか、こちらの方が大和言葉的で、聞きやすい気がする。

さらに、話はそれていくが、政治家などが「二〇〇パーセントありません」とか言うのも、おかしい。物価指数などであれば、一〇〇パーセントを超える数値もありうるが、確率の話をしているのなら、一〇〇パーセントを超える数値はありえない。二〇〇パーセントはありません。「二〇〇パーセントありません」は「ありませんはありません」で「あります」なのか、と勘繰られても仕方がないのである。

言葉は変化していくものであるという。それはよい。しかし、その変化すべてがよい変化とは限らない。

大学教授の仕事

「研究・教育」という言葉があり、大学にいると、この言葉を聞かない日はないほどだ。「研究・教育」は、大学の二大義務と言ってよい。だから、大学に勤める大学教授の仕事も、この「研究・教育」が二大職責ということになる。

自分の専門分野の研究に日夜励む。その研究をできるだけ生かしつつ、学生の教育に取り組む。これらが、大学外の一般の目から見ても、大学教授の仕事であろう。

しかし、一般の目には入りにくいが、実は、大学教授にはもう一つ重要な仕事がある。それは、ゲートキーパーの仕事である。ゲートキーパーというのは、平たく言えば門番である。

大学教授が守るべき門の一つは、大学生の入学の門である。昔、大学入試が厳しかった時代、アンドレ・ジッドの小説の題名を借りて、大学入学の門が「狭き門」と呼ばれたこともあった。その「狭き門」を守ることの意味は何か。門を広げ過ぎてしまい、大学教育に耐えられないような大学生の入学を許すと、教育水準は下がり、後継者の育成もできず、研究の水準も維持できなくなってしまう。これは、大学の自殺行為であり、社会のためにもならない。だから、大学入学の門を、大学教授の職責によって、守っているのである。

だから、大学入試は、大学教授の手によって運営されねばならない。そして、その大学入試の結果に即して、大学入学者を決めるのも、大学教授である。具体的には、大学教授で構成される委員会（入試委員会と呼ばれることが多い）が作成した原案を、教授会であれこれ議論し、教授会が最終的に決定するのである。

不正入試問題が発生するのは、こうした大学教授のゲートキーパーの職責が果たされていない大学である。不正入試がまかり通る大学では、教授会の役割がないがしろにされ、一部のボス教員が入試の結果を操作している。そうした大学では、ゲートキーパーの職責が、個々の教授から取り上げられているのである。

先ごろ明らかになった某医大の不正入試問題も同根である。有力者の子弟に便宜を図ったにとどまらず、女性の受験生に不利な採点方式がとられていたことも加わり、問題が広がったため、焦点がぼけてしまった。色々な要素が組み合わさったとしても、大学教授のゲートキーパーの職責が厳正に果たされていれば、不正が入り込む余地はなかったはずなのである。不正入試問題の再発を防ぐには、当該大学の教授会の機能の強化が最も有効かつ簡単であろう。

大学教授のゲートキーパーの職責は、もう一つの門にも関わっている。大学教授の採用の門である。大学教授の採用は、大学教授で構成される委員会（審査委員会などと呼ばれる）の審査を軸に行なわれる。各大学等の研究機関に募集要項が配布され、あちこちから候補者が論文などの書類を送ってくると、委員会の教授がこれら書類に目を通す。論文の価値が決定的に重要なので、採用ポストの専門分野に詳しくない者は、委員会のメンバーになれない。人員が少ない小大学では、他大学の教授にお願いして、委員をつとめてもらうことも多い。つまり、大学教授の採用審査は、他大学も含めて、言わば学界全体で行なっているのである。

ここでのゲートキーパーの職責は、研究者としての資質のあやしい者が、採用の門をくぐり抜けることの防止である。どうして、資質のあやしい者を採用してはならないのか。資質のあやしい者を採用すれば、大学の研究水準や教育水準が保てないだけでは済まない。下手をすると、とんでもない説を唱えて世をまどわす、いわゆる「とんでも学者」を育ててしまうことになりかねないのである。採用して、とんでもないなら、首にすればいいではないか、ということでもない。一度採用された実績が「研究・教育歴」としてものを言い、他大学に移ることが採用前より容易になるからである。

だから、大学教授の採用の門は、大学外の一般の目から見るなら、かなり厳しい。「狭き門」である。当該大学に有用だけでは足りず、学界全体から見て有用でないと、採用にはならないのだ。大学教授の採用は、他大学も含めた学界全体の問題であり、単に当該大学だけにとどまらない、パブリックな面を持つのだ。

大略、こうした考え方で、委員会の審査は行なわれる。候補者の中に適任者がいれば、委員会はその結果を教授会に報告する。そして、ここでも、最終的な決定は教授会が行うのである。大学教授であるならば、教授会の構成員として、こうした採用の門を守るゲートキーパーの仕事からまぬかれることはありえない。

大学教授の仕事は、「研究・教育」に加えて、大学入学の門と大学教授採用の門と、二つの門を守るゲートキーパの仕事からなる。言い換えると、大学教授というのは、同僚を自分で決め、お客さん（大学生）を自分で決める、特殊な仕事である。同僚が好ましくないはずがあろうか。大学生がかわいくないはずがあろうか。こんないい仕事はまたとないであろう。根性なしのゴキブリ教授がこの仕事を続けてこられたのも、当然なのである。

「阪神優勝の経済効果」

経済効果という言葉をよく聞く。近くは、東京オリンピックの経済効果や、大阪万博の経済効果が、取沙汰されている。こういう言わば大物イベントが経済に及ぼす効果は、それなりにあるだろう。施設建設をはじめとする諸々の投資により、かなりの需要増が見込めるからである。

一方、もっと小物のイベント、たとえば、それまで目立たなかった地方の小施設が世界遺産に登録されたりした場合にも、その経済効果が計算される。そうした小物イベントの経済効果には、ちょっと無理な感じのものも多い。観光客の増加を当て込んでいるわけだが、当て込んだ通りにいかなければ、経済効果の計算の基礎は吹き飛んでしまう。「風が吹けば桶屋がもうかる」式とまでは言わないが、計算の根拠が弱く、だから信頼度が低い。

こういう経済効果にまつわる話題の中で、名高いものに「阪神優勝の経済効果」というものがある。「阪神優勝の経済効果」というのは、どういうものか。

阪神が優勝すると、優勝が決まる少し前の時点からを含めて、阪神の試合を見に来る観客が増えて、入場券売り上げが増える。観客が増えれば、球場での弁当やグッズの売り上げも増える。それはそうだろう。

阪神が優勝すると、大阪圏のデパートなどでは優勝記念セールが行なわれ、その分小売業の売り上げも増える。阪神が優勝すると、優勝を祝う阪神ファンが祝勝会をするので、飲食店の売り上げも増える。それもそうかも知れない。

上記のような需要の増加の総計が「阪神優勝の経済効果」とされるものの本体である（いわゆる波及効果は無視しよう）。こうした計算で何百億円といった大きな額が算出されることになる。

この「阪神優勝の経済効果」には、大きく二つの問題がある。一つ目は、阪神ファン個人の行動に着目した場合の問題。阪神優勝によって、阪神ファンが足繁く球場に通うと、球場の入場券売り上げは増えるだろう。しかし、その阪神ファンは、球場での入場券支出が例年より多いことに鑑み、たとえば映画館での入場券支出を控える可能性が高い。もし、球場での入場券支出の例年より増えた分が、映画館での入場券支出の例年より減った分に等しいならば、この人が球場や映画館で使う入場券額はトータルでは増えない。つまり、この面での需要増は、球場の内外を合わせれば、ゼロになる。

観客が増えて、弁当やグッズの売り上げが増えるという見込みにも同じことが言える。観客が増えれば弁当の売り上げは増えるだろう。しかし、球場で弁当を買った阪神ファンは、財布の紐を引き締め、いつもの外食をやめて、家で食事するかも知れない。球場で弁当に費やした額と、外食をやめてセーブした額とが等しければ、この人が弁当や外食で使う額はトータルでは増えない。この場合も、球場の内外を合わせれば、需要増はない。

阪神ファン個人の行動に着目し、球場の内外での消費の額を合わせると、阪神優勝の経済効果の計算の基礎にある、需要の増加はあやしくなってしまう。個人の消費には所得の限界があるので、これは言わば当たり前である。球場内で気前よく使った分だけ球場外で控え目に使えば、財布から出ていくお金は増えない。

優勝記念セールでの売り上げの増加や、祝勝会による売り上げの増加にも、同じように個人消費の限界が作用する。優勝記念セールで買い過ぎたと思えば、普段の消費を控え、祝勝会で飲み過ぎたと思えば、普段の飲酒を減らす。ここでも、財布から出ていくお金は、計算通りには増えない。

というわけで、個人の行動の制約という観点から、「阪神優勝の経済効果」は計算通りにはいかない可能性が高い。これが一つ目の問題。

二つ目の問題は、広く日本全体という視点から見た場合の問題である。「阪神優勝の経済効果」は、「巨人優勝の経済効果」を犠牲に成り立っている。阪神が優勝したなら、それは、巨人（あるいは中日など）が優勝できなかったということである。「阪神優勝の経済効果」があった年には、「巨人優勝の経済効果」が見込めない。

もし、「阪神優勝の経済効果」が「巨人優勝の経済効果」と同規模であるなら、日本全体では、どちらも同じ、つまり全体では効果なし、ということになる。これが、二つ目の問題。阪神の優勝が他球団の優勝と並び立たず、阪神も他球団も同じ日本の中にあるので、この問題も当たり前と言えば当たり前だろう。

それはそれとして、「阪神優勝の経済効果」をよく耳にするのに対して、「巨人優勝の経済効果」をさほど耳にしないのはなぜか。ひとつには、東京圏の人はクールなので、巨人が優勝してもあまり喜ばず、だから「巨人優勝の経済効果」は小さいということがあるかも知れない。

それは、逆に言うと、大阪圏の人はホットなので、阪神が優勝したら大喜びになり、「阪神優勝の経済効果」は大きいということでもある。一つ目と二つ目の問題があるので、その計算の結果は信頼できないけれど、阪神が優勝した方がいいような気にさせるところが不思議である。

教養とは

教養人とはどんな人か。それは読書家であろう。万巻の書物を読みこなしている人が教養人だというイメージがある。これはゴキブリ教授の先入観だろうか。万巻の書物というのが、文字通りは無理だとして、どんな本を読んでいたら、教養人なのか。たとえば、小説の分野ではどんなところが必読なのだろう。

ドフトエスキーの『罪と罰』はどうだろう。この小説は非常に名高いものであるから、読んでいる人が多いに違いない。だが、これを読んでいないから、直ちに無教養だとも言えない気がする。『罪と罰』はたまたま読んでいないが、『白痴』、『悪霊』、『カラマーゾフの兄弟』なら読んでいます、という人がいるとする。その人はたぶん無教養とは言われないだろう。なぜなら、その人は、ドフトエスキーがどんな小説を書くのか大体知っているからである。『罪と罰』だけ読んでいる人より、ドフトエスキーに詳しいかも知れない。

そうであるなら、これ一作を読んでいないからと言って、無教養とされるような小説はあまりないかも知れない。夏目漱石の『吾輩は猫である』はどうだろう。『吾輩は猫である』を読んでいないで、『三四郎』、『それから』、『門』、『こころ』、は読んでいますという人がいるとする（あまりいそうにないが、あえているとしよう）。この人も、無教養とは言えないだろう。

こう考えてくると、これ一作の未読で無教養、という標準的作品を想定するのは、小説の場合は無理のようだ。同じように考えると、ドストエフスキーを読んでいないから無教養とか、夏目漱石を読んでいないから無教養とか、そういう標準的作家を想定するのも難しいことになる。

この伝を応用すれば、デカルトの『方法序説』を読んでいなくても（あるいはその概要を知らなくても）無教養ではないし、そもそもデカルトを読んでいなくても（あるいはその人物像などを知らなくても）無教養ではないことにもなるだろう。

万巻の書物を読みこなしている人が教養人だというイメージはある。ところが、いざ万巻を構成する中身を個々に考えてみると、これこそが教養人を形成する書物だ、という決定打はなさそうである。これはどういうことなのか。

ゴキブリ教授の手元に『一日一ページ読むだけで身につく世界の教養３６５』という本がある。こういう本に思わず手が出てしまうのは、ゴキブリ教授がこと教養に関して、自信がないからに他ならない。

『一日一ページ読むだけで身につく世界の教養３６５』は、カタログのような本である。

この手の本には常連であろう人名、「アリストテレス」、「レオナルド・ダ・ヴィンチ」、「葛飾北斎」、「ウィリアム・シェイクスピア」などの項目が見られる。と言っても、この本は単なる人名の羅列ではなく、「ブラックホール」、「レコンキスタ」、「ソナタ形式」、「社会契約」などの項目も見えていて、項目の取り方が自在である。

歴史、文学、視覚芸術、科学、音楽、哲学、宗教、という七つの分野に属する項目を、毎週繰り返すようになっていて、一日一ページずつ読みこなせば、ほぼ一年間で３６４の項目に関する知識をマスターできるという仕掛けだ。

『一日一ページ読むだけで身につく世界の教養３６５』は、知識を増やせばそれにしたがい教養が身に付く、という考え方を表明している。教養の本質は知識というわけである。こうした、教養は知識だという立場を、仮に「知識派」と呼ぼう。

ところが、知識があれば、それだけで教養人と言えるかと問えば、どうもそうではない。大学を出たら教養人かと言えば、もちろんそうではない。経験を積めば教養人かと言えば、やはりそうでもない。

このように、相当程度の知識を持っていても、頼りにならなかったり、人々の目標にならなかったり、という人たちがあまりに多くて、知識が教養だとは言いたくなくなる。教養は知識ではないと、言いたくなるのである。

教養は知識ではないという立場を、仮に「非知識派」と呼ぼう。この「非知識派」の代表と目される人に、福田恆存がいる。福田恆存は高名な劇作家、批評家であるが、その随筆集『私の幸福論』の中に「教養について」という一編があり、しばしば引用されている。

福田の「教養について」の中には、次のようなくだりがある。福田がローカル列車に乗っていると、老女とその嫁と思しき二人連れが乗ってきて、福田のそばに座る。しばらくして、老女の方が福田に「窓を開けたいと思うが迷惑ではないか」と問いかけた。このせりふに福田は驚いたという。

福田の経験によるなら、東京圏の電車に乗り合わせた紳士淑女が、こうした鄭重な言葉を発することはない。件の老女は、たぶん小学校もろくに出ていない人であろう。そうした知識のない人が、相手の立場をおもんぱかって、東京圏の紳士淑女には叶わないせりふを口にする。老女は知識なしに「西洋人の近代的なエチケット」を実践して見せたのだ。

知識がなくとも、教養人と同じふるまいができる。それはなぜなのか。老女が普段の生活の中で、列車の窓を開けるときの作法を学んでいるはずはない。老女は、福田を旅行者と見て、よそいきのあいさつをしたに過ぎない。しかし、そのように、必要に応じてよそいきのあいさつができることが、教養なのである。福田自身の言葉によるなら、「日常的でないものにぶつかったとき、即座に応用がきくということ、それが教養というもの」なのだ。

この例を敷衍できれば、教養は即知識ではない。福田によるなら教養とは、「生き方」、「節度」、「自分の位置を測定する能力」、「余裕」などである。つまり、知識という、どちらかと言うと浅はかでもありうるものではなく、知識それ自体ではない、人間的な深みを常に伴なわざるを得ないものに、教養は依存していると福田は言いたい。

確かにそうかも知れない。大学を出たり、経験を積んだりしても、それだけで教養人になれないのは、知識を取り入れることができても、人間的な深みは簡単には会得できないからである。

もともと、知識とは、その全部ではないにせよ、人間的な深みに到達するためのものだったはずである。ところが、国が豊かになるとともに教育が行き渡り、それまで手の届きにくかった高い知識が普及すると、人々の多くは知識に振り回されてしまう。知識があっても、教養に欠ける輩が横行することになるのだ。

福田が主張したかったのは、むしろこの点にこそある。福田が「教養について」を書いた昭和三〇年代の初め、まだ福田が憂えるほどには、高い知識の普及は進んでいなかったが、それに伴なう問題をいち早く指摘して見せたのは、さすがかも知れない。

福田が言うには、当時、多数派に抵抗しようとする人々の運動は、ときに「まったく不作法」であり、「教養がないという以外にしかた」ないものもあった。高い知識を持て余して余裕を失ない、「知識のある人ほど、いらいらしているという実情」もあったが、福田に言わせれば、「知識は余裕をともなわねば、教養のうちにとりいれられ」ないものなのである。

要するに、福田は、教養を欠く知識を批判しながらも、知識を否定するわけではない。ここでの文脈に即して言うと、福田は「知識派」には多分反対であろう。しかし、福田を「非知識派」と呼んでいいかは、やや疑問である。福田は、知識だけでは教養にならないという立場をとりながらも、知識がいらないとは言っていないからである。

ローカル線で出会った老女にしても、知識が決定的に不足していれば、適切な発言はできなかった可能性が高い。たとえたまたまできたとしても、それは言わばまぐれ当たりに過ぎない。

教養が知識それ自体と異なるとしても、知識のない教養は、たいていの場合、不可能であろう。つまり、知識は教養の十分条件ではないが、たぶん必要条件である。

ここで、最初の疑問に戻って考えてみよう。万巻の書物が教養の源であるというイメージはある。しかし、万巻のどれとどれが教養の源かと問うなら、それは確定できそうにないのであった。

それは、言い換えると、万巻のどれとどれ以外は無駄かも確定できないということである。ドストエフスキーなら『罪と罰』だけで十分とか、夏目漱石なら『吾輩は猫である』だけで十分と言えないのであれば、『白痴』や『三四郎』などが無駄とは言えない。

書物を知識と置き換えても同じことになるのではないだろうか。たとえば、西高東低の気圧配置についての知識を、望ましい教養の一部とみなすことはできる。しかし、その知識を持たないと教養に欠けることになるかと言えば、そうでもない。その知識を持たなくても教養あるふるまいは可能だろう。知識の場合も、これさえ持っていればという、標準的な知識はなさそうなのである。標準的な知識がないのであれば、それ以外が無駄だとも言えなくなる。

知識が教養の必要条件であるとしても、どういう知識がその教養を構成するかは分からない。どういう知識が無駄なのかも分からない。

こうして、問題は、知識を教養に高めるのは何かということになる。難しくて、にわかには答えられないが、とりあえず、こう言っておこう。知識を寄せ集めても、それが断片の集まりでしかないならば、教養にはならない。知識の集まりが教養と呼ばれるためには、それらの集まりが断片ではなく、ひとつの全体として形をなす必要がある。それは、たぶん、知識を持つ人が持てる知識を統合して、自らの人生観や世界観を構成するに至ったとき、果たされるであろう。

知識が人間的な深みに到達するというのも、そのように、知識が人の生き方や物の見方に反映されたときに可能であるように思われる。そうした反映のあるところでは、もはや知識は単なる知識ではなく、その人の人格の一部となっているであろう。

標準的な書物や知識がなく、無駄な書物や知識がないのも、人がそれぞれ個性的であり、標準に必ずしもなじまないものだからである。どれが標準で、どれが無駄かは、人によって様々でありうる。教養とは、そのように、開かれた性質を帯びたものなのだ。

だから、教養に到達点はない。それは、誰にとっても求め続けられるべきものであろう。

もちろん、教養に自信がないゴキブリ教授の場合は、乏しい知識を豊かにしたいと望まないわけにはいかない。読書をやめるわけにもいかないのである。

途中でやめる?

テレビドラマなどを妻と見ていて、途中で見るのをやめてしまいたくなることがある。そういう場合、ゴキブリ教授は実際に見るのをやめてしまう。ドラマの結末がどうなるかには関心を持たない。いわゆる探偵もののドラマで、最後の謎解きまで犯人が分からない仕掛けのものでも、気にしない。忘れてしまう。

妻は違う。結末が気になって、最後まで見る。最後まで見て、満足するかと言えばそうでもない。ゴキブリ教授が途中で見るのをやめてしまう程度のドラマなのだから、当然であろう。妻はしかし、律儀に最後まで見ないと気が済まない。

ところがである。漫画家の伊藤理佐さんの新聞エッセイ「オトナになった女子たちへ」(朝日新聞、二〇一八年一二月一四日)によると、「ドラマをちゃんと見ないと気がすまない」のは男だという。むしろ、女は「ちゃんと見ていないのに(……)理解して」おり、見なかった部分を「補填能力」で補っているというのだ。

このエッセイの主張によれば、男というものは、連続ドラマであれば、一話目からすべて録画などして見ないと満足しない。それに比べ女は「一話くらい見逃してもやっていける」というのである。

ふーん。でも、それは、補填能力云々の問題でもないような気がする。男がドラマを録画しようと企図して、すべてを録画しようとするのは、録画のコレクションを完成させたいからであろう。一話目から最後まで全部見ようとするのも、頭の中のコレクションを完成させたいからではないだろうか。

コレクションというのは、男と言うか、男の子の独擅場と言ってよい。男の子たちは、昔から、メンコやビー玉、お菓子の景品シール、ミニカー、プラモデルなどを集めてきた。長じては、切手や骨とう品などに対象を変化させながらも、コレクションに入れあげるのは、たいていが男だ。

一見コレクションとは関係ないような趣味、たとえば釣りを趣味としている男にしても、釣果を（魚拓などの形で、あるいは釣果の記録として）コレクションしている場合が多い。アマチュア無線を趣味とするで男であれば、その趣味の核心は、交信記録のコレクションであろう。

だから、上掲エッセイで言われる、ドラマの録画などを最後まで遂げないと満足できないのは、男が補塡能力に欠けているのではなく（あるいは補塡能力に欠けているとしても）男のコレクション癖によるものであろう。

コレクションという要素を排除して、途中で見るのをやめる、という観点に絞って考えてみよう。たとえば、映画館で映画を見るとして、途中で見るのをやめる人は、男女を問わずあまりいないだろう。ゴキブリ教授の場合も、途中で席を立つことは皆無と言ってよい。最後まで見るのは当然であり、エンドロールが流れても立たない。

これは、娘が幼い頃にしつけた、映画鑑賞者として望ましい態度でもある。エンドロールに出てくる映画製作関係者の方々への敬意を持つことも大事だし、エンドロールにサービス映像（メイキングと呼ばれる製作過程の映像など）が流れることがあるので油断ならないということもある。さらに、エンドロールが終わらないと場内が明るくならないので動いたら危ない、という子連れ特有の事情も加わる。

映画館で映画を見るのにそうであるのに、ゴキブリ教授が、テレビドラマなら平気で途中で見るのをやめるのはなぜか。言うまでもない。途中で見るのをやめても、誰も迷惑しないし、非教育的でもないからである。

その伝でいくと、読書にしても、つまらない本であるなら、途中で読むのをやめてもよさそうである。しかし、ゴキブリ教授は、本については、途中で読むのをやめることはまずない。職業柄、本を大事にすることが染みついているからである。言い換えれば、ゴキブリ教授は、本に対すると不自由になってしまうので、本については例外である。

話変わって、プロ野球のゲームについてはどうか。テレビの野球中継を見ていて、ゲームの途中で放送が終わってしまい、試合の結末が分からないとしよう。この事態を悲しむ人は多いだろう。ちょっと昔なら、（放送時間にこだわらない）ラジオで確認する以外に、試合の帰趨を見極める方法はなかった。近年なら、インターネットで容易に試合の結果は（あるいは経過さえ）分かる。

しかし、ここであえて、野球放送が、ゲームの最初から途中までの場合と、ゲームの途中から最後までの場合と、どちらが好ましいか（ましか）と問うてみたい。

ゴキブリ教授なら、前者すなわち最初から途中までが好ましいと思う。なぜか。野球観戦の場合、回が進んでくると、プレーの意味に、それまでの試合経過の影響が色濃く出てくる。たとえば、試合の中盤の勘所で、投手が出してはいけないフォアボールを出したりするのは、投手のコントロールが悪くなったからではなく、同じ打者に前の打席で痛打されており、投げにくいからだ、ということがしばしばある。こうした理解がある方が、野球観戦の楽しさは増える。途中から見ていたのでは、こうした楽しさが味わえない。だから、最初から見る方が断然よい。

試合の結果が大事なのは言うまでもない。しかし、途中から見ても結果が分かればよいというのは、上のような楽しみを放棄する立場である。それでは、もったいない。試合の結果よりも、ゲームの現在進行形の楽しみを重視するなら、ゴキブリ教授の立場を支持するだろう。

この伝を、野球観戦からドラマ鑑賞に当てはめれば、最初に述べたゴキブリ教授の態度につながるのは自明であろう。ドラマを最初から見ていれば、ドラマの進行は十分に楽しめるはずだ。それでもなおつまらなければ、そのドラマは（少なくとも自分にとっては）つまらないので、見続けるに値せず、見るのをやめてよしと判断するわけである。

ただし、このように途中でやめるのをよしとする性向は、人により様々であり、たぶんそこに男女差はない。ゴキブリ教授の当てずっぽうでは、途中でやめる派は、男女それぞれの二割程度ではないだろうか。

だから、上に紹介した伊藤理佐さんの説には、そのままでは賛成できない。男は全部見ないと気がすまないという伊藤さんの説は、男のコレクション癖が割り引かれていないところに問題がある。コレクション癖を割り引いたら、最後まで見ないと気が済まない性向に男女差はないのではないか。

もっとも、伊藤さんの説はたぶん経験的事実に基づいているだろうから、むげに否定できないところがある。そこで、さらに考えてみよう。女の人の多くは途中でやめる派ではないはずなのに、実際にはなぜ途中でやめる派的行動をとっているのか。

これは推測に過ぎないが、女の人の多くが家事に忙殺されているからではないか。家事は、その本性上、切りがないものである。人の生活について回るものだから、家事は起きたときから寝るときまで連綿と途切れない。幼い子供がいれば、まさにそうだし、家事をしない夫がいれば、なおさらそうなる。

ドラマを見ていても、家事上の要求があれば、それに答えて動かなければならない。子供が泣けばミルクをやらなければならない。あるいは夫の言葉に応じてお茶を入れてやらねばならない。それらが日常であるなら、ドラマを全部見るのは無理である。かくして、女は全部見ないでもやっていけるようにならざるをえない。伊藤さんが言う「補填能力」というのも、女の人に生来のものではなく、女の人が置かれた状況への適応でしかないだろう。

ここでの男女差は、先に述べた「らしさ的相違」の後天的な部分に当たるだろう。女は集中、男は散漫という「らしさ的相違」は、「らしさ的相違」の先天的な部分であった。

ドラマを最後まで見られないという環境が、ドラマを最後まで見ないで済む適応を生み出しているとすれば、それは後天的で間違いない（幾世代にもわたる進化ではないので）。

こうした男女差は、たぶんとても多い。自分の周囲を散らかして平気な男性はよくいる。他方、自分の周囲を片付けたがる女性もよくいる。だから、男は先天的に散らかし屋で、女は先天的にきれい好き、とは言えないだろう。家庭での役割分担として、掃除は女の仕事であり、男は掃除に関知しない。つまり、男は散らかすことに慣れており、女は片付けることに慣れている。男女の置かれた状況の差が、男女の（一見先天的な）「性質」の相違を作り出している。実は、その相違は、状況の差によってもたらされた後天的なものに過ぎない。だから、その相違は、状況次第で変更可能である。

実際、家で掃除をよくするゴキブリ教授は、きれい好きであり、大学の研究室もきれいに片付いている。ゴキブリ研究室の片付きようは、同僚たちの周知するところだ。ゴキブリ教授はたまに研究室に掃除機をかける。（学内で自分用の掃除機を持っているのはゴキブリ教授ぐらいだろう。）ゴキブリ教授は研究室に掃除機をかけるついでに、みんなで使う印刷室にも掃除機をかける。印刷室の汚れが気になるからだ。

こういうことは他にも多々ある。料理をやりつけると、出来上がった中で、仕上がりの良くないもの、形の悪いものなどを、自分の皿に盛るようになる。これは、教授が女性化して控え目な性格になったからではない。家計簿の管理をやりつけると、計算が合わずに使途不明金が生じたとき、その穴を自分の小遣いで補填するようになるのも、同じことだ。環境によって生じた変化なのである。

ところで、ゴキブリ教授の妻が、ドラマなどを最後まで見ていられるのは、家事に忙殺されていないからである。子供は成人しており、夫にも手がかからない。家事の少なからぬ部分が夫の担当になっている。要するに、妻はヒマなのである。

ゴキブリ教授もそれほど忙しいわけではない。それでも、ゴキブリ教授が途中でやめる派なのはなぜか。

ゴキブリ教授のドラマなどに対する態度は、あるいは、教授が曲がりなりにも学問に関与していることと、どこかで関係しているかも知れない。学問というものは（などと大きく出るのはゴキブリ教授の柄ではないが）答えの見つかっていない問いを問うことである。それは、結末のないドラマに対するようなものだ。

学問に携わるということは、答えの見えない問いをいくつか見出し、それらの問いを持ち続けることなのである。

読者を惑わすといけないので、もっと正直に言わねばならない。ゴキブリ教授がドラマ鑑賞や野球観戦を途中でやめても平気なのは、一種の老化現象の可能性がある。最後まで見ている根気がなくなってきただけに過ぎないかも知れないのだ。最初から途中までの方が途中から最後までより好ましいというのも、屁理屈の類いであり、最初から最後まで見ればよいのである。最初から最後まで付き合う若さがなくなったので、途中でやめる言い訳を考え出しているふしが否めない。

なんだか、中途半端な感じが残るが、この駄文での考察も最後まで到達し切らないで終わる。

名刺は人格

ボンクラ頭のゴキブリ教授は大学教員職になかなか就けなかった。いっときは、大学に勤めるのを半ばあきらめ、短期間ではあるが、会社勤めをしたこともある。「S研究所」という、いわゆるシンクタンクであり、職名は「研究員」であった。

こじんまりして、とても居心地がよい会社で、博識な社員がいて、多くのことを教わった。この会社に勤めていなければ、ゴキブリ教授の世界観は今より狭いものになっただろう（今でも十分狭いが）。

この会社で教わったことの中で、今でも直接に役立っているものに、名刺の扱い方がある。

名刺は、海外でも使われており、映画のシーンにもよく出てくる。しかし、そうしたシーンでの名刺の扱われ方は、日本のサラリーマン社会なら、すべて失格となる体のものである。礼儀作法にうるさい名探偵エルキュール・ポアロですら、ポケットから名刺を出したりして、日本なら不作法者になる。

世間知らずのゴキブリ教授も、名刺に無知であり、入社間もない頃、M社長から注意を受けて、初めてなるほどと思ったのである。M社長の言によれば「名刺は人格」なのであった。

名刺というものは、単なる名前を記した紙ではない。相手の名刺は相手の人格なので、受け取るときは両手で受け取る（卒業式で卒業証書を受け取るときのように受け取る）。しまうときは、決してポケットに突っ込んだりせず、名刺入れにしまう。相手方の人数が多いときには、すぐしまわないでテーブルの上に席順通りに並べて置き、やがて顔と名前が一致した上で名刺入れにしまう。

自分の名刺も自分の人格なので、テーブルの上にぺたりと差し出したりしない（ゴキブリ教授が注意を受けたのはこの点だ）。立って両手で渡す（受け取る方は必ず立ち上がり、両手で受け取ってくれるはずだ）。

こうしたことは、多くの大学教授の知らないことである。実際、上のような正しい名刺の扱いができる大学教授は非常に少ない。中には、名刺を持っていない者すらいる（別にいいんだけど）。

自慢できるものが少ないゴキブリ教授が自慢できる数少ないもののひとつが、

この名刺の扱い方である。学外のサラリーマンと名刺交換するとき、ちゃんとできるのがとてもうれしい。

ミニトマトは豆？

ある休日、妻が、娘と二人の昼ご飯に（ゴキブリ教授は通常昼ご飯抜きである）スパゲッティを作ったようだ。晩ご飯の支度の都合上「トマト使った？」と聞くと、妻の答え。

「豆ね。」

「豆？？？　ああ、ミニトマトの方を使ったのね。それ、普通は通じないよ。」

食べるかどうかじゃなく

娘、母に対して言う。

「お母さん、あれをこれしてこうしたら〈調理の内容〉、うまいんじゃないかと思うんだけど。どう？」

母、答えて。

「食べる。」

娘、あきれて。

「あのー。食べるかどうかじゃなく、一緒に作ろうかと、聞いてるんだけど。」

ゴキブリ教授の退職（あとがきに代えて）

ボンクラ頭のゴキブリ教授が大学教員職になかなか就けなかったことは、すでに書いたとおりである。長年叶わなかった職に就けた喜びは大きく、その喜びの延長線上に、幸福に勤めてきた。他大学から非常勤講師のお誘いがあってもお断りし、K大学一筋に働いてきた。

そうしたゴキブリ教授の心境が変わったのは、S学長・理事長の専横が耐え難くなったからだ。S学長は、K大学の創立者に連なる人脈の人だから、理事長であること自体に問題はない。

問題は、S学長が、研究歴ゼロの元商社マンであることだ。こうした人が教授になることには問題が多い。さらに、研究者を束ねる学長であるとすれば、深刻な問題が発生する。

たとえば、委員会を設けて審査し、面接まで済ませて本人に採用の通知をする寸前まで進んだ人事が、S学長の一存で取りやめるになるという事件があった。これは、「大学教授の仕事」で述べた、大学教授の採用の門を守るゲートキーパーの仕事の否定である。研究者としての資質のあやしい者の採用を防止することは、大学教授だけがよくなしうる重要な社会的職責であるが、S学長はこの点をご存じない。

ゴキブリ教授の強い抗議を受けて開かれた説明会で、S学長が上記人事を取りやめる理由として挙げたのは、委員会が採用を決めた候補者の年齢がやや若過ぎるという些末なものでしかなかった。ゴキブリ教授は、大学教授の採用の門を守るゲートキーパーの仕事は、K大学の採用人事にとどまらず、パブリックな面をも持つから、学長の一存で左右しない方がよい、と進言した。この進言に対するS学長の返答は、「理解できない」というものであった（それはそうかも知れない、S学長は研究者の世界を知らないのだから）。ゴキブリ教授が「こういうこと（学長の一存で人事が取りやめになること）は今後も起こりうると考えてよいか」と尋ねると、S学長の答えは「そういうことだ」であった。ゴキブリ教授がK大学を辞める決意をした瞬間である。

その後、問題の人事の当該ポストには、研究歴ゼロの（年齢だけ十分な）S学長の知人が無審査で採用されている。

S学長は、上の事件以外にも、補助金を目的として、しかるべき手続きもなく、カリキュラムの重要な変更を独断で行なう、といった専横をほしいままにしている。また、学長選挙のルールを繰り返し改訂し、二期六年で再任されないという規定を廃止して、三期目に居座っているのである。

先年の学校教育法の改正以来、学長の権限が強化され、大学の重要事項の決定権は教授会から学長に移った。従来、大規模大学では、ややもすると一部の学部教授会の反対で（その学部の有力教授の反対で）大学全体の方針が徹底できないという事態があった。学校教育法の改正は、たぶんそうした事態を打開させるための、大学運営者への法的なバックアップであろう。しかし、教授会の機能を制約して学長一人に決定権を集約したのは明らかな行き過ぎであり、文部科学省の大失策であった。権限の集中によって、大学教授の職責がないがしろにされると、大学の根幹がゆらぐのである。それは、ゴキブリ教授が所属したK大学の例からも明らかである。権限の集中をやめないと、わが国の大学の将来はあやういと予言しておきたい。

K大学で独裁をふるうS学長は、大学教授としても問題が多い。研究歴ゼロのS学長の問題は、一見何気ない言動に表われる。たとえば、学長につきものの、卒業式での式辞である。

今年の卒業式でS学長は、「人間は考える葦である」というパスカルの言葉を引いて、考えることの大事さを説いた。しかし、パスカル自身の文脈は少し違う。『パンセ』でパスカルが主張するのは、人間は弱いが考える、自然は強いが考えない、だから人間は自然を超えており道徳的でありうるのだ、というものである。(Blaise Pascal, Pensées, 347.) 単に考えることが大事というのではない。

S学長の式辞の主旨は、ＡＩの進化に負けないためによく考えようというものだった。パスカルを読まないで、名言集の類いしか読んでいないから、中途半端なことしか言えない。パスカルをちゃんと読んでいれば、人間は考えることで道徳的になりうるので、ＡＩに負けたりしない、と明言できたのである。読まないで引用するという、大学教授なら自殺的な誤りを、Ｓ学長は平気で行なっているのだ。

こうした、その人の本性に根差した誤りは、繰り返されるものである。Ｓ学長は、去年の卒業式では、マキァヴェッリの「やらないで後悔するよりもやった後で後悔する方がましだ」という言葉を引用して、卒業生へのはなむけとしていた。この言葉はマキァヴェッリがボッカッチョの『デカメロン』から引用した言葉である。だから、Ｓ学長のはいわゆる孫引きであり、かつそのことを断っていない、という二重のルール違反である。大学教授にはあるまじき行為だ。

この場合の一次資料であるボッカッチョの『デカメロン』作中人物の言葉は、道ならぬ恋についての言葉である。つまり、「やった後」で後悔するに違いない。しかし、「やらないで」も後悔するかも知れない（それは人によるだろう）。それなら、やってしまおうか、という文脈だ。

二次資料であるマキァヴェッリの言葉は、フィレンツェからローマに派遣されていた高級官僚の友人にあてた書簡の中の言葉で、まさに友人の道ならぬ恋を励ます主旨の言葉だった。教養人であるマキァヴェッリは、フィレンツェ出身の文豪から、適切な引用を行なっていたことになる。S学長のは不適切。

ちなみに、ボッカッチョを読んでいなくても、以上はおおむね想像がつくはずのことである。マキァヴェッリの書簡を読めば、ボッカッチョからの引用であることは明記してあるし、その言葉を引用した主旨も分かるからである。S学長は明らかにマキァヴェッリを読んでいないのだ。

ボッカッチョの言葉は次の通り。〈若者を騙して名馬を手に入れた夫は遠い任地へ旅立つ。妻は若者の愛を受け入れたい。そこで妻は自問自答する。〉「どうすればいいの？　なぜ若い身を空しくついやしてしまうの？　夫はミラーノへ行きました。六ヶ月は帰ってきません。〈……〉わたしはひとりっきり。誰も怖い人はいないわ。折角の機会をみすみす見過ごして、出来る間になにもしないなんて。今のこんな機会はこれから先またとないわ。誰にもわかるはずはないし、かりにわかったとしても、なにかをして後悔する方が、なにもしなくて後悔するよりはましだわ。」〈こうして若者と妻とは結ばれることになる。〉（Giovanni Boccaccio,

Decameron, 3-5. 平川祐弘訳『デカメロン（上）』河出文庫、二〇一七年、三八七～三八八頁）

マキァヴェッリの言葉は次の通り。「貴翰に対しては、心のおもむくままにその恋を追求なさいと答えるのみです。今日の楽しみを明日も得られるとは限らないのですから。〈……〉私はボッカッチョの次の言葉を、昔も今も信じていますし、これから先だってずっと信じ続けます。曰く、行動して後悔する方が、行動せずに後悔するよりもましである、と。」(Niccolò Machiavelli, *Lettera a Francesco Vettori*, 松本典昭、和栗珠理訳「書簡」『マキァヴェッリ全集第六巻』筑摩書房、二〇〇〇年、二五八頁）

S学長の引用が、仮にどこかの会社の社長スピーチの中であるのなら、たぶん許されてもよい。しかし、大学を代表する学長のスピーチである。それも、卒業式とて、大学のある町の首長を始めとする来賓や、多くの父兄が居並ぶ、公的な空間の中でのスピーチである。不適切な引用が許されない条件がそろい過ぎているのである。

そもそも、引用を正しく行なうことは、学問の基本中の基本である。不適切な引用は、自然科学における実験データの捏造に等しい。引用の不適切によって、学問の世界から放逐された者が何人いるだろうか。

不適切な引用を繰り返すS学長が、大学教授失格であることは、明々白々なのである。

読者を不愉快にさせ兼ねないことを延々と述べてしまった。これらの話の「落ち」はこうだ。ゴキブリ教授はこの三月末で教授を辞めた。だから、ゴキブリ教授はもはやゴキブリ教授ではない。ただのゴキブリに転落なのである。

二〇一九年 七月

〈著者紹介〉

折原　裕（おりはら　ゆたか）

1951年愛知県生まれ
愛知大学哲学科卒業、武蔵大学大学院修了（経済学博士）
現在、K大学名誉教授

ゴキブリ教授のエプロン

定価（本体 1000円+税）

乱丁・落丁はお取り替えします。

2019年 11月　4日初版第1刷印刷
2019年 11月 10日初版第1刷発行
著　者　折原　裕
発行者　百瀬精一
発行所　鳥影社（www.choeisha.com）
〒160-0023 東京都新宿区西新宿3-5-12トーカン新宿7F
電話 03（5948）6470, FAX 03（5948）6471
〒392-0012 長野県諏訪市四賀 229-1（本社・編集室）
電話 0266（53）2903, FAX 0266（58）6771
印刷・製本　モリモト印刷

ISBN978-4-86265-768-8　C0095